ゆっくりとこちらのペースに合わせた
ステップで踊り始める。
「無理だったらすぐに言うんだぞ」
「うん」
ルイスの気遣いが嬉しい。
私とルイスが踊っていることに気付いて、
周りがざわついた。

エリック・ボーン
12歳にして
最高峰の医学学校を
卒業した医者。
アリス・ウェルズ
ゲームの正ヒロイン
である男爵令嬢。
ルイス・ハントン
公爵家嫡男。
フィオナの婚約者。
ゲームの中では一番優しい
人気キャラ。
フィオナ・エリオール
乙女ゲーム
『きらめきの中に』の悪役令嬢。
実は病弱だった。

カミラ・ボルフィル
もう一人の悪役令嬢。
ジェレミーの筆頭婚約者候補
である公爵令嬢。
アーロン
グラリエル王国の王宮に
仕えている人物。
ジェレミー・グラリエル
王太子。
王族らしい包容力を持つ。

「んっ」
そのままキスされた。
私たちのキスを見た人々が歓声を上げる。
暗い日々を過ごした彼らにとっては、
このキスシーンすら楽しいものらしい。
「こ、こんな所で」
大勢の人に見られて、
私が恥ずかしさで死にそうになっていると、
ルイスが私の額に自分の額を合わせた。
「好きだよフィオナ。
俺の病弱お姫様」

病弱な悪役令嬢ですが、婚約者が過保護すぎて逃げ出したい

私たち犬猿の仲でしたよね!?

2

著 沢野いずみ

イラスト まろ

キャラクター原案 小箱ハコ

Contents

Story by Izumi Sawano
Illustration by Maro
Character Design by Cobaco Haco
Supervised by Yushi Kojima

第一章　ヒロイン登場

私の目の前にいるのはとても愛らしい少女だった。

特徴的なピンクの髪に、美しい黄色の瞳。小動物を思わせる可愛い容姿。

私は彼女を知っている。

そう、何度も見た。

私は前世で何度も彼女の立場になってゲームを進めていた。

彼女はアリス・ウェルズ男爵令嬢。

このゲームのヒロインだ。

「あのー……」

差し出した手が握られず、どうしたらいいのかわからないようで、アリスが戸惑った表情を浮かべていた。

しまった！　一瞬意識が飛んでいた！

私はアリスが差し出してくれた手を握った。

「はじめまして。フィオナ・エリオールです」

握った手は小さく柔らかく、これがヒロインの手なのだと少し感動してしまった。

女の私から見てもとても可愛らしくて、これはゲームの中の男性諸君が虜になるのも無理はないと納得した。

アリスは私が手を握ったことにほっとしたように少し笑う。

「私、最近貴族になったばかりで……粗相《そそう》があったらごめんなさい」

アリスがはにかみながら少し困った様子で言った。

ちょっと恥じ入る感じが満点！　可愛すぎる！

え、ちょっと、ヒロインってこんなに可愛いの？　いや、容姿も可愛いけど反応がいちいち可愛すぎない？　天使かな？

もしかして私も攻略対象だったかな？　胸がときめくもん。裏ルートがあったのかもしれない。

「フィオナ？」

ヒロインの可愛さにより再び固まってしまった私にルイスが声をかける。いけない、また飛んでた！

「あら、他にもいらっしゃったんですね、ごめんなさい」

ルイスと、後ろにいるエリックに気付いたアリスが頭を下げる。

「改めまして」

アリスがスカートを持ち上げた。

「アリス・ウェルズと申します。父は男爵です。よろしくお願いします」

まだ不慣れなのがわかるカーテシーを披露した。

ルイスがアリスをじっと見る。

「ハントン公爵家嫡男、ルイスだ。よろしく頼む」

ルイスがアリスに短い挨拶を返した。アリスとルイスがそのままじっとお互いを見る。

見つめ合う二人を見て、私は気付いた。

これ、もしかして出会いイベントでは⁉

そうだ！　アリスとルイスは孤児院で出会うんだった！

ゲームではフィオナに追いかけられたルイスが、逃げ込んだ孤児院でアリスに出会っていたし……私はルイスを追いかけてなんていないから、ちょっと流れが違うけど、これ、絶対出会いイベントよね⁉　今の挨拶からして初対面だったものね⁉

ということは、私は今貴重なシーンを目にしているのでは？

確か、ルイスは初対面の時からヒロインに好意を抱いたはず。

さて、ルイスの様子は……。

と私はルイスを見たが……真顔だった。

顔を赤くしていたりするかと思ったけど、顔色にも変化はなくただただ真顔だった。

ときめいている男の顔に見えないけど、平静を装ってるのかな？　確かゲームでは一目惚《ぼ》れに近い感じだったわよね？

告白シーンで『初めて会った時、可愛らしい君が気になって……関わるうちに、君の内面も知って、君のすべてを愛《いと》おしく思うようになったんだ』って言ってたもの。

あの告白シーンはよかったわよね……うん。

と、思い出している場合ではなかった。邪魔者として恨まれたくないから移動しておこう。相手から嫌われる要素は少しでもなくしたほうが断罪される可能性も減るかもしれないし。

「エリック」

私は小声で呼びつつエリックをツンツン突いた。エリックが私を見たので私は顎で向こうに行こうと示した。エリックは「なんで？」と言いたそうな顔をしていたが、私に素直に従ってくれた。

ちなみに一緒に来たサディアスは、神父と詳しい話をするためにこの場を離れている。残念、今この場にいたら、ヒロインに会えたのに。

そのまま私はエリックを引き連れて他の部屋に移動しようと、そっと部屋を出ていこうとしたその時。

「フィオナ？」

ルイスに捕まった。

首根っこを掴《つか》まれて動けない。

「俺を置いてどこに行くんだ？」

「え、あの、その……」

ちょっと二人きりにしようかと思っただけです……。

とはなぜか言えない雰囲気だ。なんで怒ってるの？

「と、隣の部屋を見てこようかなと思って……色んな子供たちの様子を確認したほうがいいってエリックが」

エリックが「僕が⁉」と言いたそうにしていたが、私は視線で話を合わせるように合図した。

エリックは不本意そうにしながらも合わせてくれた。

「そう、僕が向こうに行こうって言ったんだよ。小公爵様はそちらのお嬢さんと見つめ合うのに夢中だったから声かけなかっただけ」

エリック⁉　余計なことは言わなくていいのよ⁉　なんで機嫌悪そうな相手を煽《あお》ること言うの⁉

エリックの言葉に私は慌てるが、ルイスはただ淡々と返した。

「見つめ合ってなどいない。アリス嬢の頭に蜘蛛《くも》が付いているからどう言おうか迷っていただけだ」

「え⁉　あ、本当だ」

ルイスに指摘されて、アリスは自分の髪に付いた蜘蛛をヒョイと摘《つま》むと遠くに投げた。

「早く言ってくださいよ。恥ずかしいじゃないですか」

アリスが照れくさそうに言った。

蜘蛛が髪に付くのって恥ずかしいことなんだ……怖がるか驚くかが一般的だと思ってた。

アリス、虫平気なのね。か弱そうな見た目なのに結構強いわね。

「虫が苦手だったら驚くかと思ってな。……かと言って令嬢に触れるわけにもいかないし」

未婚女性に気軽に触れるのはマナーに反する。特に婚約者の目の前となれば尚更だ。

「こういう時にちょっと触れるのもダメなんて、貴族って面倒ですねぇ」

アリスがしみじみと言った。最近貴族になった彼女にとって、細々《こまごま》とした決まりがあるのはストレスだろうな。

「フィオナ」

「は、はい」

話の矛先が急に私に戻って、私は背筋を伸ばした。

「婚約者が他の女性と一緒にいるのに部屋を出ていくのもマナー違反だよ」

笑顔だけど有無を言わさない笑みだ。

「は、はい……」

「なんなら嫉妬して相手を追い出してもいいんだよ」

「いや、それはないかな……あ、ちょ、ちょっと妬《や》いたかもしれないです、はい」

ルイスから更に圧を感じて慌てて言い繕った。

「あのー……お二人は婚約者同士なんですか？」

私とルイスの会話から、私たちの仲を察したらしいアリスが確認のために訊《たず》ねてきた。

「ああ。七歳から婚約している」

ルイスはなぜか誇らしげだが、その婚約期間のほとんどを険悪に過ごしたんだけど……。

アリスが私とルイスのやり取りを見て言った。

「仲良しって感じでいいですね！」

「な、仲良し……⁉　い、いやあの……」

ヒロインに仲良しと思われてもいいのかな……？　恋の障害になっちゃわない⁉

これから何があるかわからないし、できればヒロインにマイナスな印象は与えたくない。

元々はとても仲が悪かったし、それを伝えるべき？　でも今は確かに仲は悪くないし……と言い淀《よど》んでいたら、ルイスが私の肩を抱いた。

「ああ。俺たちはとても仲が良いんだ。そうだよな、フィオナ」

また圧を感じる。

「そ、そうね」

「だから片時も離れたくないんだ」

「そ、そこまでは……」

「な、フィオナ」

「そ、そうね……」

圧に負けた。

ルイスが抱いていた私の肩をさらに引き寄せた。そして唇が触れるのではないかと思うほどの距離で口を開いた。

「フィオナ、俺から離れないで」

至近距離で目が合う。

「は、離れようなんて」

「さっき離れようとしただろう？」

「隣の部屋に行こうとしただけで」

「でも離れようとした」

「あの距離でダメなの⁉」

この部屋とほんの一枚壁を隔てているだけよ⁉　あの距離でダメならトイレはどうするの⁉

さすがにダメって言わないわよね⁉

「まあ、離れられなくするけどね」

そういうセリフはヒロインに言って⁉　色々勘違いしちゃいそうになるでしょ⁉

胸が痛い。まるで心臓の鼓動が耳元で鳴ってるみたいにドクドク聞こえる。

息も浅くなって、顔も熱を持っている。

あ、もうダメ。

「フィオナ⁉」

ルイスの焦る声と、エリックの「あーあ」という呆れた声を聞きながら、私の視界はブラックアウトした。

✦✧✦　　✦✧✦

ハッとして目覚めたら、そこは見慣れた自分の部屋だった。

「私、また……⁉」

毎度ながら自分の病弱さに驚いてしまう。ドキドキしすぎて倒れるなんて……。

「起きたのか？」

ルイスがすぐそばにいた。

「ルイス……私、また倒れたのね」

「ああ。疲れが溜《た》まったんだろう。ゆっくり休むといい」

疲れもあるけどそれだけじゃないんだけどな。

でも「あなたにときめいて倒れました」なんて言えないから黙っておこう……。

「フィオナ様、大丈夫ですか⁉」

アリスもいた。

「アリスさん、どうしてここに……」

「フィオナ様が心配で……目の前で倒れた人を放っておけませんよ」

心配してくれたのだ。さすがヒロイン。優しい。

「目の前で倒れたから抱きあげようと思ったんですけど力が足りなかったです」

ヒロインからほとんど聞くことがないだろうセリフが聞こえたんだけど。

「抱きあげ？」

「抱きあげ」

アリスが頷《うなず》いた。ついでに抱きあげようとした時のジェスチャーをしてみせた。ヒロインがやるお姫様抱っこ。シュール。

そんな馬鹿な、と思ってルイスを見ると、ルイスはアリスの発言に笑っていなかった。

「いきなりフィオナを抱きあげようとするから驚いた」

「無念です……」

アリスが心底残念そうに言う。冗談じゃなくて本当なの？　場を和ませようと言ってるんじゃなくて？

アリス、私を抱きあげようとしたなんて……意識のない人間はただでさえ重いのに……。

可愛らしい見た目なのに、結構豪傑《ごうけつ》なのね……。

「ありがとう、嬉しいわ」

抱きあげることはできなかったが、心配をしてくれた気持ちは嬉しい。私が礼を言うと、アリスは深刻そうな顔をする。

「次はフィオナ様が倒れる前に抱きとめられるように、反射神経も鍛えておきます」

「そ、そこまでしなくても……」

「修行不足でした。次は必ず」

「次は倒れないようにするわね……」

主君に誓いを立てる騎士のようなことを言うアリスに、私は顔を引きつらせた。私が倒れたことに責任を感じてるのかな？　それにしても責任感がちょっと強すぎるわね……。

「私、身体が弱いの。いきなり倒れてごめんなさいね。あなたのせいではないから、気にしないで」

目の前で倒れて申し訳ない。

「そうなんですか⁉　大変じゃないですか！」

アリスが心配そうに私を見る。

「私もかつて身体が弱かったので、わかります。自由の利かない身体って辛いですよね」

「わかってくれる⁉」

「はい。遠出も難しいし、少し無茶をすると寝込んで周りにも気を遣わせるし……」

「そう、そうなの！」

この世界に転生してから、身体の弱さを共感してくれる人は少なかった。

この国の人は食生活は乱れていたが、元々身体が丈夫なのか、私以外で病弱な人に出会ったことはなかった。

だから、今こうして同じ悩みを持った人に出会えて嬉しい。

ゲームでアリスが病弱な設定はなかったし、そういうシーンもなかった。そして見た感じ今のアリスは健康体だ。病弱だったのは幼少で、成長した今は健康なのだろう。

よかったねアリス。私も早くそうなりたい。

「身体が弱いのはとてもストレスですよね……体調が悪いと言うと空気悪くなるし、周りに気を遣わせるし」

「そうなのよ……身体の辛さもあまりさらけ出せないの……」

理解者がいるって素晴らしい。健康体の人に話してもわからないものね、こういう悩み。

私は共感者に出会えて感動していたが、ルイスは違った。

「俺にはさらけ出せばいいじゃないか」

「ルイス？」

ムスッとした顔でルイスがこちらを見ていた。なぜだかわからないが、彼は私たちの会話が気に入らなかったらしい。

「俺はフィオナの婚約者だ。君の辛さも受け入れる」

「ありがたいけど……」

そうだけどそうじゃないのだ。

「わかった」

わかってくれたのかとほっとしたのもつかの間。

「水を浴びて一晩外に出たら気持ちがわかるはずだ」

「体調不良のやらせ体験しようとしてる？」

なぜわざわざ自分から風邪をひこうとしているのか。

「じゃあ二日ほど断食する」

「病弱ってそういうことじゃないのよルイス……」

なんと説明したら通じるのか……。

まずアリスに張り合おうとするのをやめようか……。

「素敵……」

「え？」

会話の流れから凡《およ》そ聞こえるはずがない言葉が聞こえてきて、私は声の主を振り返った。

そこには感動した様子で口元に手を当てているアリスがいた。

「素敵です！　お二人ってもしかしてお互い想い合って婚約したとか……!?」

「いや、親の決めた婚約者だけど」

「まあ！」

アリスが瞳を輝かせた。

「政略結婚って仲悪い人が多いイメージでしたけど、印象が変わりました！」

「仲悪いイメージだったの？」

「だって大衆小説では、大体仮面夫婦なんですよ！」

そ、そうかも……。

私もこの世界の娯楽として大衆小説は読んできたけど、政略結婚や親の決めた婚約は冷めきった仲の設定が多かったかも……。それで他に相手を見つける、みたいな話が多いのよね。

「俺たちにとって無縁だな」

ルイス……ニコッと笑いかけてきているけれど、十年間喧嘩しかしてなかったわよね、私たち……。

周りから見ても仲悪くて有名だったわよ、私たち……。

「いいですね〜！　大衆小説のイメージがあったから政略結婚は嫌だなと思っていたんですけど、お二人みたいな関係もあると思うと怖くなくなってきました！　貴族だからきっといつか政略結婚しなきゃでしょうし……」

テンションが高かったアリスが、途中から不安になったのか声を少し小さくして呟《つぶや》いた。

アリス、その心配は大丈夫よ！

ようやく見つけた可愛い娘の幸せのために、あなたのお父様はあなたが連れてきた相手を結婚相手にするつもりだから。

もちろん、あなたが恋愛に興味なかった場合のために、婿を見繕《みつくろ》ってはいるけれど、どれも誠実で、仮面夫婦にはならなそうな相手よ！　誰とも結ばれないノーマルルートでは男爵の選んだ相手と結婚するけど、不幸ではなさそうだったわよ！

でもそれはまだアリスは知らないから教えてあげられない。

だけど彼女について、事前に情報を知りすぎていて、うっかり漏らしてしまいそう……今後ボロが出ないように、少し今のアリスの環境を聞いておこう。

「口ぶりからの憶測だから間違っていたら申し訳ないんだけど、アリスさんは元は平民なの？」

「はい。……いえ、血の繋がった父は確かにウェルズ男爵らしいのですが、ウェルズ家のメイドだった母は、自分が平民だったことに気兼ねして、私を身籠《みごも》った時に父の前から去ってしまったらしくて……それで母と二人で下町で暮らしていたんですが、その母が死んだ時、父が迎えに来たんです。どうも、母が死んだら父に手紙が届くようにしていたようで……」

ゲームと同じ設定だ。

アリスは平民として育つが、母親が死んだ際に、ウェルズ男爵の庶子だったことが判明し、そのまま男爵家で引き取られるのだ。

男爵は何度も結婚の話をもらったが、アリスの母を愛していて、それらの話をすべて断り、独身を貫いていた。当然浮気もしていないから、子供はアリス一人だけである。

男爵はアリスの母を愛しており、子供であるアリスのことも愛しているが、不器用でその愛が伝わらず、アリスは父に愛されていないと思っているのよね。

どのルートでも、最後は父親の思いを知って和解するけど……父親と手を取り合って泣くシーンはこちらも号泣ものだったなあ。親子ものに弱いのよね、私。

「貴族らしいこともまだあまりできなくて……慰問もちゃんとできているかどうか……」

不安そうなアリスに胸がキュンとした。私は彼女の手を握った。

「大丈夫よ！　あなたはちゃんとできているわ！」

「フィオナ様……」

「慰問に直接出向くなんて、貴族の鑑《かがみ》よ。誇っていいわ」

貴族はお金がある。でも見栄《みえ》も人一倍だ。我々は慈悲深いと思われたくてお金を出すことはあるが、そこまでで、実際に自ら孤児院など支援している場所に出向く貴族は少数だ。

だからアリスの行動は、貴族も自分たちに関心を持ってくれていると、ここにいる子供たちにきっと安心を与えただろう。

アリスは私の言葉に一瞬間を置いて、笑った。

「ありがとうございます」

あ、ヒロインの表情だ。

間違いない。この笑顔、あのゲームで見たヒロインだ。

この笑顔で、ルイスのことを癒すのよね。

胸が一瞬ズキリとしたが、気付かないフリをした。

「エリックは？」

私は誤魔化すように話を変えた。

「『ただの働きすぎだね。あれほど休めと言ったのにバカなの？　きちんと休んだら治るから、栄養のあるもの食べて寝てな。じゃ、僕忙しいから』と出ていった」

「エリックのモノマネが上手ねルイス」

私以外に披露できないものだから残念だ。

「サディアスは？」

「王宮にフィオナが倒れたことを報告している」

「そんな、大袈裟《おおげさ》な」

「大袈裟じゃない」

ルイスは少し怒った様子だった。

「王家がフィオナに無茶をさせるからこんなことになるんだ。フィオナが言いにくかったら、俺からもっと王家にガツンと……」

「お願いだから落ちついて……」

こんなことで王家に怒鳴り込みに行かれたら困る。

「お二人は本当に仲が良いんですね」

アリスは私たちを見て何を思ったのか、楽しそうにそう言った。

「じゃあ、私は二人の邪魔になるからそろそろ行きますね」

「ふ、二人の邪魔って……」

ふふふ、と含み笑いをしながらアリスは部屋の扉に手をかけて部屋を出ていこうとしたが、「あ」と何かに気付いたようで、もう一度こちらを振り返った。

「そういえば、最近人気のジャポーネのレストラン、フィオナ様がやっていると聞いたんですが本当ですか？」

ああ、と私はルイスとやっている和食レストランを思い出した。この世界に存在する日本に近い国のことをジャポーネと呼ぶらしいから、レストランの名前もわかりやすいように『ジャポーネ』と名付けたのよね。

「フィオナと俺の共同経営だ」

正確には私はアドバイザーという立場で、ルイスが経営責任者だ。

「そうなのですね。ということは……」

アリスが何か言いかけた。しかし、そこで口を閉ざしてしまったので、気になって私は訊ねた。

「どうしたの？」

「えっと……いえ！　また今度にします！」

少し何か言いたそうにもじもじしていたが、倒れたばかりのこちらを気遣ってか、ニコリと笑って手を振った。

「フィオナ様、無理せず早く元気になってくださいね」

「うん。ありがとう」

私も手を振り返すと、アリスはぺこりと頭を下げて出ていった。

――仲良くなれた！

私はアリスと楽しく会話できたことにほっとしていた。

ゲームのフィオナと違ってアリスに嫌味も言わなかったし、相手の反応もよかったんじゃないだろうか。

もしかして、これで悪役令嬢フラグが折れたのでは⁉

いや、さすがにそれは楽観視しすぎか。

何はともあれ、アリスとはこれからも良好な関係を築けていけたらいいな。

話してみたら、思った以上にいい子だったし。

そうだ。ルイスはアリスについてどう思っただろう。

「ねえ、ルイス」

「なんだ？」

「アリスのことどう思う？」

ゲームのように、彼女に惹《ひ》かれているのだろうか。ゲームでは一目惚れのようなものだったから、すでに惚れてしまったという可能性もあるけど……。

なんと返ってくるだろうか。もし……もしルイスがアリスを好ましいと思っていたら、私はどうしたらいいだろう。

私は胸を押さえながらルイスの返事を待った。

「──うさぎっぽいなと思ったな」

ルイスの返事は想定外だった。

「う、うさぎ？」

まさかの動物？

で、でもうさぎって可愛いから、よく惚れた相手を喩《たと》えることもあるわよね。「可愛い俺の子うさぎ」とか言ってるヒーローの話を読んだことあるもの！

「なんと言うか……反応とか、リアクションとかがうさぎっぽかった」

「そ、そう？」

「可愛いってこと？」

言われると確かにうさぎっぽい気もしてきた。テンションとか似てるかな？

「いや？　別に」

あれ？　違うの？

ゲームのルイスはアリスの容姿もとても褒めていて、気に入っていたはずなんだけど。

それがなくても、アリスは一般的に可愛いと思う。だって女の私も可愛いと思ったもの。

疑問が顔に出たのか、ルイスが私の目を見て言った。

「フィオナがいるのに他の女性を可愛いと思うわけないだろ」

ルイスが私の頬に触れた。

「フィオナが一番可愛いのに」

ルイスの言葉に、顔が一気に熱を持つのがわかった。

可愛い？　私が？　か、可愛い⁉

「わ、私は綺麗系だもん‼」

違う！　そういうことじゃない！　恥ずかしさで変なことを言ってしまった。

「そうだな。フィオナは美人だよ」

違う違う！　肯定しないで！　余計恥ずかしくなるから！

「そ、そういうのは簡単に口にしちゃいけないの！」

「なんで？」

「勘違いするから！」

「勘違いって？」

「だ、だから……」

私はゴニョゴニョと声を小さくして言った。

「ルイスが私を好きなのかな、とか……」

ルイスが私の言葉ににんまり笑う。

「勘違いしていいのに」

私の顔はきっとゆでダコのようになっている。

「もう！　からかわないで！　ほら、寝るからもう帰って！」

私は手でシッシッとルイスを追い出す仕草をすると、ルイスは笑いながら部屋の扉に手をかけた。

そして私を振り返る。

「おやすみ、フィオナ」

ただ挨拶されただけなのに、ルイスがまるで愛おしい人を見るようにこちらを見るから、私の心臓は跳ね上がった。

「お、おやすみ」

私の返事にルイスは満足そうに頷くと、今度こそ部屋を出ていった。

私はただベッドに座っていただけなのにヘロヘロになって、そのまま後ろにパタリと倒れた。

後ろに倒れても軋《きし》まない良いベッドだ。

「なんなのもう……」

また熱が上がりそうだ。

「すごいぞ！　学校はもちろんのこと、孤児院や病院でも一気に環境が良くなったと報告が上がっている！」

　ジェレミー殿下が興奮した様子で教えてくれた。

「病院の患者の回復力が大幅に上がっています。また、成長が思わしくなかった孤児院の子供の身長が伸び始めたそうです」

　サディアスがジェレミー殿下の報告を補足してくれる。

「よかった。どこも順調そうですね」

　専門家でないので不安もあったが、うまくいっているようで安心した。

「うまくいっていないと言えば一つだけですね」

「え!?　どれです!?　どれがダメでした!?」

　何か間違えてしまっただろうか。不安になる私にサディアスが深くため息を吐《つ》いた。

「ニックの運動授業が」

「なんでみんなついてきてくれないんだー！」

　あ……。

　嘆き悲しむニックを見て、思わず私はルイスと顔を見合わせてしまった。私は聞きたくないが、恐る恐る訊ねた。

「ちなみにどんな授業を？」

「校庭百周と腕立て伏せ五百回とか」

「ひいっ」

あまりのことに声が出てしまった。なんだその授業は。罰ゲームだろうか。

それはおそらく超強豪運動部とか、軍隊とかがやる筋トレだ。一般生徒がやるものではない。

前に言っていた腕立て伏せ二千回よりはマシだけど、訓練されていない一般人がついていける授業ではない。

「それじゃダメよニック……みんなあなたみたいな筋肉ダルマじゃないんだから……」

「なんでだ!?　筋肉ダルマじゃない彼らが、この特訓で筋肉ダルマになれるんだぞ!?」

筋肉ダルマになることがさも嬉しいことのように言われたが、大事なことなので訂正する。

「ニック、残念ながら、この世には筋肉をつけることに興味がない人や、むしろ運動が大嫌いな人もいるのよ。そんな人たちにその授業はキツすぎるわ」

というか、特訓と言ってるじゃない。これは授業なんだって！　特訓じゃないんだって！

「な、なんだってッ!?」

ニックは心底驚いていた。そして震える声で言った。

「じゃあ……みんな……筋肉はどうつけるんだ……？」

「普通の人はわざわざ意識して筋肉をつけないのよ。階段を上り下りしたりとか、日常の動作で筋肉がついていくの」

「そ、そんな貧弱な筋肉でみんな生きているのか⁉」

衝撃のあまりニックが身体をよろめかせた。可哀想な現実を教えてしまうけど、みんな筋肉にそこまで固執してないのよ、ニック……。

しかし、ニックのように、筋肉に重きを置いている人間も少なからずいるだろう。授業を受けている人の中には、肉体労働を生業《なりわい》にしている人間もいるはずだし……。

「騎士になりたい人もいるだろうし、ニックは騎士だから武術を教えられるわよね？　メインをそれにして、そのためには体力をつけなきゃいけないから、筋トレも授業に取り入れてもいいと思うわ」

「！　だよな！　筋トレは必要だよな！」

水を得た魚のように元気になったニックに、私は釘《くぎ》を刺す。

「ただし、常識の範囲内で」

「え？」

「校庭は十周、腕立て伏せはせいぜい多くて五十回ぐらいかしらね」

「そんなに減らすのか⁉」

ショックを受けているが、素人に腕立て伏せ五百回やらせたの、相当鬼畜だからね、ニック……。

自分の考えとかけ離れているのか、ニックが呆然《ぼうぜん》としているので、もう一つ考えたことを伝えてあげる。

「でも中にはニックのような人もいるかもしれない」

呆然としていたニックがバッとこちらを向いた。

「そうした人には放課後に特別メニューを受ける権利をあげたらどう？　ニックも満足できるメニューを」

ニックがパァッと顔を明るくした。

「うおー！　俺のような筋肉好きを増やすぞ！」

「放課後メニューは筋トレ以外に、武術特訓のメニューも入れるのを忘れないでね。筋肉に固執しないこと！」

「わかった！　任せておけ！　すぐに新たな授業内容をまとめてくる！」

ニックが元気に部屋から飛び出して行った。

任せておいたらあんな筋肉ダルマメニューになったんだけど、また彼にメニューを作らせて本当に大丈夫だろうか……。

「話の腰を折られてしまったが……」

ジェレミー殿下がコホンと咳払《せきばら》いをして話を戻した。

「君の功績を讃《たた》えて、パーティーをしようと思う」

「パーティー？」

「ああ。君がしたのはすごいことなんだよ、フィオナ嬢」

ジェレミー殿下がこちらに笑顔を向ける。

「君を表彰して、爵位を与えて、国所有の土地を分け与えようと思うんだが」

「待って待って待って待ってください」

何をどうしてどうしようとしてると今おっしゃいました？

「君を表彰して、爵位を与えて、国所有の土地を分け与えようと思うんだが」

一語一句間違いなく同じ言葉を繰り返したジェレミー殿下は、相変わらず爽やかな笑顔をこちらに向けている。

事の重大さがわかっているのだろうか。

「しゃ、爵位なんてそんな大それたものをもらうわけには」

「子爵位を与えようと思うんだが低いだろうか？」

違うそういうことじゃない。爵位が低すぎると思っているんじゃない。

「確かに低いが、あまり高いと要らぬ義務も発生してしまうし、子爵位ぐらいが箔《はく》をつけるのにちょうどいいかと思ったんだが」

「いえ、本当にそういったお気遣いは必要なくてですね……」

どう説明しようか。ひとまず、すでにもらったものがあることを伝えておこう。

「すでに仕事としてお金も頂いておりますし、余計に何かもらうなど、できません」

「いや、あんな金額で済むレベルのことではないんだよ、フィオナ嬢」

「その通りです」

サディアスがジェレミー殿下に代わり説明してくれる。

「学校を作ったことで、この先、国の経済が発展する見通しができています。現に字を覚え始めた国民が、前の給金の倍で働くことができ、雇う側も難しい仕事を任せることができるようになったと喜んでいます。病院の見直しをしたことで、元の状態で退院できる患者も増えた。孤児院を立て直したおかげで、子供たちも健やかに成長できる」

サディアスが私に一歩近づいた。

「あなたがしたのは革命なんですよ、フィオナ嬢」

サディアスに言われて、私は自分のしたことが、想像以上に大きな影響を与えたことに気付いた。

前世の記憶がある私からしたら当たり前のことで、ちょっとしたお手伝いのつもりだった。でも違った。この国の人々の暮らしの根底を揺るがすようなことだったんだ。

「爵位ぐらいはもらっておかないと、みんな納得しないだろうな」

ルイスがトドメの一言を放った。

爵位……もし断罪される流れになって、逃げる時に足枷《あしかせ》になる可能性を考えるとないほうがいいんだけど……もう断れないわよね、これは。

「……謹んでお受けしたいと思います」

よし、わかった。もらえるものはもらっておこう。土地ももらったら野菜を育てたり店を開いたり何かできるし……領民がいる土地だったら領民と一緒に何か商売や商品開発もできるかもしれないわね。爵位も義務が発生しない箔を付けるためのものらしいし。

「よかった。パーティーも盛大にするから、ぜひ楽しんでくれ」

ジェレミー殿下がホッとした様子で言った。

ありがたいけど、楽しめるかなパーティー。疲れるからあまり楽しめたことがないのよね
……あ、そうだ！

「一つお願いがあるのですが」

「何だい？」

とても大事なことだ。

「表彰などは巻きでお願いします」

「え？」

「お願いします。パーティーの最後までいられる自信がないので」

今までほとんどのパーティーは途中で抜けている。ヒールで長時間立っているのも辛いし、愛想笑いも疲れる。体力をとてつもなく消耗するので、私には厳しいのだ。

おかげで私の評判は悪いけど、パーティー主催者もいきなり参加者が倒れても困るだろうし、やっぱり限界の前に去るのが正解よね。

「ああ。そうだよな。わかった。なるべく簡易式にして早く終わるようにしよう。もちろんパーティーは途中で帰っても構わない」

「ありがとうございます」

受け入れてもらえて、私はぺこりと頭を下げる。爵位の授与や、表彰を巻きでしてほしいなど、不敬な発言と受け止められる可能性があったが、ジェレミー殿下はこちらを考慮してくれた。

「もしパーティー中、辛かったらすぐに教えてくれ。できる限りのことを――」

「俺が常にそばにいるから大丈夫です」

ジェレミー殿下の言葉をルイスが遮った。

「俺が常にそばにいるから大丈夫です」

「二回言うなよ……わかったわかった」

ジェレミー殿下がため息を吐いてこちらを向いた。

「ちょっとフィオナ嬢を気にかけるだけで嫉妬とは……大変だなフィオナ嬢」

「え？」

嫉妬？

ルイスを見ると、ルイスはにこりとこちらに微笑んだ。

「嫉妬だなんて……フィオナはすでに俺のなのに嫉妬するはずないじゃないですか」

「いや、まだ婚約者だろ。お前のじゃないだろ」

「何か言いました？　殿下なんてそんな余裕かましてる時間あるんですか？　まだ婚約もできてないのに？」

「お、お前なぁ……」

「大体本当ならフィオナにはこんな大変なことをさせないで真綿にくるんでおきたかったのに」

「本音が漏れてるぞ」

この二人って結構仲良しよね。ゲームではそんなに関わりなかったけど、やっぱり現実では幼い頃から関わりがあったのかな？　公爵家嫡男と王太子殿下だもんね。

「まったく……心の狭い男ですね」

二人のやりとりを見ていたサディアスがいつの間にか私の隣に来ていた。

「その点私ならあなたのしたいことをさせて、あなたを籠に押し込めたりしません」

「？　そ、そうなの？」

「ええ。だからあの男よりあなたを尊重して――」

「油断も隙もあったもんじゃないな」

私とサディアスの間にスッとルイスが入ってきた。さっきまでジェレミー殿下といがみ合っていたのに、いつの間にこちらに来たのだろう。

「フィオナは俺の婚約者だと何度言ったらわかる？」

「威張るのは結婚してからにしたらいかがですか？」

バチバチバチと睨《にら》み合うルイスとサディアス。この二人、どうしてこんなに仲悪いんだろう。

それにしてもパーティーかあ。

私は前回のパーティーを思い出していた。赤い髪の美女に絡まれたあのパーティーを。

……今回はジェレミー殿下もいるはずだし、大丈夫よね……？

せっかく私が主役だから、ほどほどに楽しもう。

✦✧✦ ✦✧✦

「美しいですわ、フィオナ様」

ナタリーさんがパチパチと手を叩《たた》く。

私はナタリーさん手製のドレスに身を包みながら、ため息を吐いた。

「すでにドレスはいくつも作ってもらったのに、また新しく作るなんて」

「何をおっしゃいます。今日はフィオナ様がメインのパーティーなんですから、当然ですわ」

「そうです。今日はどのご令嬢より美しくないといけないのですから」

ナタリーさんとアンネに立て続けに言われたら納得するしかない。

前世の記憶から私の庶民感覚が抜けないため、もったいないなあ、と思ってしまうけど、今はその気持ちを捨てないと。

二人の言う通り、私のパーティーなんだから。

そう、今日は私の爵位授与式と今までの働きを労《ねぎら》うパーティーを合わせたものになるらしい。

注目されるのか……嫌だなぁ。だって私は目立つの苦手な元日本人だもの……。

憂鬱な気分でいると、部屋がノックされる。

「準備は出来たか？」

ルイスが私の部屋に入ってきた。

ルイスも私と一緒に行くから服装を合わせている。ドレスも、ドレスに使われている宝石や、アクセサリーなどの色やデザインも、ルイスとおそろいだ。

おそろいの必要あった？　一緒にパーティーに参加することは多々あったけど、いつもはわざわざ服装を合わせることなかったわよね？

言いたいことはあるけど、この衣装のお金を出してくれたのはルイスだ。そうでなければナタリーさんのドレスを着るなど私にはできない。

ルイスは私をじっと見ると、ふわりと笑った。

「うん。綺麗だフィオナ」

「あ、ありがとう……」

褒められて少し照れてしまう。お世辞だとしてもやはり嬉しいものだ。

「にゃあーん」

「ルビー」

ルビーが私の足元に寄ってきた。まるで「私も連れていって！」と言っている円《つぶら》な瞳に、私はルビーを抱き上げた。

「今日は大事な所に行くからダメなのよ。おうちで遊んでてね」

「にゃーん……」

不服そうなルビーも可愛い。鼻を触っていると、扉がバーンと開いた。

兄だった。

「見つけた！」

ハアハア荒い息を吐きながら、兄は私が抱いてるルビーに近づいた。

そして口を近づける。

「ルビーちゃん！　こっちにおいで！」

ルビーの全身の毛が逆立つのがわかった。

ルビーがババババ！　と前足で兄の顔を引っ掻《か》く。「ぎゃあああああ！」と兄が叫んで顔を覆った。

「お、お兄様……？」

心配になって声をかけるが、兄は引っ掻き傷まみれの顔をしながらも、とろけるような笑みを浮かべていた。

「えへ、えへへへへ、肉球少し当たっちゃった」

肉球どころか爪が当たっている。

ルビーの毛が再び逆立ったのがわかった。

「大丈夫だよ。ルビー」

兄が自分の顔を触った。

「これも愛だってわかるから」

私も全身の毛が逆立った。

ルビーは私以上に寒気を感じたのか、私の手から逃れ、スタタタタッと走り去ってしまった。

「待ってルビ――――‼　あ！　フィオナ綺麗だね」

「あ、ありがとうございます」

「また後で！　ルビィィィ！」

兄はルビーを追いかけて行ってしまった。

「お兄様があんなに猫好きだとは思わなかったわ……」

「ちょっと引くレベルだな……」

ルイスも私と同じく引いた様子で、首筋に鳥肌が立っていた。

……この後私の爵位授与のパーティーだから、家族として当然兄も参加する予定なんだけど
……あのミミズばれの顔で行くのかしら……。

貴重な兄の長所である顔が台無しだけど、本人は幸せそうだったな……。

ルビーが無事に逃げ切ることを祈っていたら、ポンと肩を叩かれた。アンネだ。

「何？　アンネ」

「お嬢様。これから大切なことを言います」

「うん？」

アンネは私の肩に置いている手に力を入れて言った。

「出発直前には猫を抱っこしないようにお願いいたします。毛が付きます」

「あ……」

さっきまで私がルビーを抱っこしていた箇所には毛がべったり付いていた。

「ごめんなさい……」

私は素直に頭を下げた。

✦✧✦ ✦✧✦

「う、うわぁ～……」

思わず間の抜けた声が出てしまうぐらい会場はすごかった。

さすが王室主催のパーティー。そう、王室主催の爵位授与もするパーティーなので、王宮で行われる。煌《きら》びやかな会場。豪華な食事。着飾った人々。どれも眩《まぶ》しくて目眩《めまい》がした。

おそらく国内貴族のほとんどが呼ばれたのではないかと思うほどの人数が会場にはいた。

この中で私は国王陛下から爵位をもらうのか……。

今からでも断れないかな……ダメかな……。

「どうした？　もしかしてもう体調が悪くなったのか？」

ルイスの心配そうな表情に、一瞬そうだと答えそうになったけど、首を横に振った。

「いや、まだ大丈夫」

「今日はエリックがいないから、無理しないようにするんだぞ」

そう、エリックはうちの屋敷で待機している。今日は貴族の集まりだから、平民であるエリックは来られなかったのだ。

「ありがとう」

ルイスにお礼を言う。ルイスが隣にいてまだよかった。緊張するし、何より――。

「ねえ、あれフィオナ様よね？」

「厚かましくルイス様とおそろいのドレスを着てるわよ」

「婚約破棄目前じゃなかった？」

「今日のパーティー、フィオナ様のために開いたって聞いたんだけど」

「王族に無理言ったんじゃない？　弱みでも握ったのかも」

あちこちから聞こえる陰口が辛い。

そう、私は嫌われ者だった。

今までの自分の行いからすると、仕方ない部分があるけれど、やっぱり凹む。記憶を取り戻す前は確かに態度は悪かったかもしれないけれど、王族の弱みを握って言うこと聞かせるほどの悪女でもなかったはずなんだけどなぁ。

悪口も、敢《あ》えて聞かせようとしているのがわかる。声が潜んでないもの。こっちを見てくすくす笑ってる。

前にカミラの前で今までのことは病弱だったからだと告白したけど、その場にここにいる全員がいたわけでもないし、いても信じてない人間も多いだろう。だってあの場で身体が弱かったと言ったのが、私本人なのだ。嘘を吐いていると思う人も多かったはず。

自業自得な部分があるとはいえ、いい気分ではない。もし王族が開いてくれた私のためのパーティーでなければ、すでに帰っていたかもしれない。

「フィオナ」

「何？　ルイス」

「気にすることはない」

ルイスが私の手を取った。

「すぐに彼らが陰口など言えないようにしてあげるから」

どういうことか、と聞こうとしたが、聞けなかった。ルイスが私の手を引いたまま歩き出したからだ。

「ルイス⁉」

ズンズン進んでいくルイスに、他の人たちも戸惑っている。

ルイスはそのまま進んでいき、会場の真ん中まで足を運んだ。そして立ち止まると、くるりと周りを見回した。

「本日はお忙しい中お集まりいただき、ありがとうございます。私のほうから、皆様に知っておいてほしいことがあります」

ルイスがその場にいる全員に向けて言葉を発した。よく通るその声、そして公爵家嫡男という存在に、みんなが注目した。

ルイスは私の手を握ったまま、話を続けた。

「フィオナは幼い頃から身体が弱く、パーティーに参加する体力もありませんでした。だから今までパーティーを途中で抜けたり、身体の辛さから、険しい表情を浮かべることもあったかと思います。きっと皆様の目には、フィオナが貴族の令嬢として礼節を弁《わきま》えていないように見えたでしょう」

しん、と静まり返った会場で、ルイスは止まることなく話を続ける。

「実は私も最近まで誤解していました」

ルイスがギュッと私の手を握る手に力を入れた。

「愚かでした」

ルイスが私を一度見て、また前を見据えた。

「フィオナの行動の意味を勝手に決めつけて、彼女に冷たい態度を取りました。本来なら婚約者である自分が彼女を守らなくてはいけないのに」

ルイス……。

もしかして、私が思っている以上に、彼は過去のことを後悔しているのだろうか。

私の態度のせいでもあるのだから、ルイスだけのせいじゃないのに。

「だから、今までの分まで私はフィオナを守ります」

ルイスの言葉に迷いはない。

「フィオナへの悪態は我がハントン家へ向けたものと判断します」

ルイスの言葉に一気にみんながざわめいた。それもそのはずだ。ルイスは私に何かすれば、ハントン家が敵になると言ったも同じなのだから。

ルイスは近くにいた使用人から飲み物を受け取ると、それをみんなに見えるように持ち上げた。

「それでは皆様、よいパーティーを。乾杯」

ルイスが飲み物を掲げる。それを合図にみんなどこか気まずそうにしながらも、同じように飲み物を掲げて「乾杯」と口にした。

それを見届けると、私とルイスはその場を移動した。

ルイスは私にも飲み物を取って渡してくれる。受け取りながら、私は恐る恐る訊ねた。

「ルイス、よかったの？　あれ」

「あれとは？」

「ハントン家へ向けたものってやつ」

「ああ」

ルイスはグラスを持って中身を揺らした。

「もちろん。フィオナはハントン家の跡取りの婚約者なのだから、この待遇が正解だ」

ハントン家は公爵家。それだけで貴族の世界で大きな力を持つのに、ハントン家は経済的にもこの国に欠かせない存在だ。

この国のどの商売とも関わっていると言われているぐらいで、ハントン家に嫌われることは、この国で生きていくのが困難になることを意味する。

だから、きっとハントン家に逆らってまで私の悪口を言う人間はいないだろう。少なくとも、先程のような堂々とした嫌がらせはしないはずだ。

ルイスの顔に少し影が差す。

「本当なら、もっと早くこうしておくべきだった。ごめんな、フィオナ」

「ルイス……」

「これからは君にこんな思いはさせないから」

ルイス……。

本当に私を婚約者として大切にしてくれているんだ。

でも、ルイスはいずれアリスと……。

私はアリスと一緒にいるルイスを想像して胸が痛んだ。

前までヒロインとルイスが一緒にいることを想像してもなんともなかったのに、なんでだろう。

「フィオナ嬢ー！」

私を呼ぶ声が聞こえた。いよいよ出番のようだ。

ルイスが私の背中を押した。

「行っておいで。ここで見守ってる」

緊張が少し解けた。私はルイスに笑顔を向けた。

「行ってきます」

呼ばれたほうに急いで向かうと、そこには国王陛下とジェレミー殿下がいた。

国王陛下が私の近くまで寄る。こんなに至近距離に国王陛下が来るのは初めてだ。

「フィオナ・エリオール侯爵令嬢」

「はい」

「貴殿の働きにより、国が良き方向へ生まれ変わった。それを讃え、貴殿に子爵位を授ける」

サディアスの父親である宰相がサッと勲章を差し出した。それを国王陛下が手に取る。

国王陛下はそれを私に差し出した。

私はそれを受け取り、頭を下げた。

「これよりフィオナ・エリオール侯爵令嬢は、フィオナ・エリオール子爵となった。皆、拍手を」

パチパチパチパチと拍手が聞こえ、私は頭を上げて笑顔で手を振った。

最後に国王陛下にカーテシーを披露し、その場を後にする。

「フィオナ」

「ルイス」

ルイスがすぐに私のそばに来てくれた。

「ど、どうだった？　私、変じゃなかった⁉」

かなり緊張して国王陛下の顔もまともに見られなかったが、粗相はしなかっただろうか。

「大丈夫だ。立派にやり遂げたよ」

「よ、よかった……」

変なことはしてなさそうでほっとした。

ルイスがスッとこちらに手を差し出した。

「何？」

「それ、せっかくもらったんだから、付けようか」

それ、とルイスが言っているのは先程もらった勲章だ。バッジになっていて、服に付けられる。

男性の場合、そのまま国王陛下が付けるのが慣例だが、私の場合未婚の女性ということで、触れるのが躊躇《ためら》われたのだろう。それは省略されていた。

ルイスは私から勲章を受け取ると、胸元に付けてくれた。

「うん、似合ってる」

「あ、ありがとう」

胸元で光る勲章。必要ないと思っていたが、もらえたらもらえたでやはり嬉しい。

「音楽が始まったな」

ルイスに言われて、演奏が始まっていることに気付く。ダンスの時間だ。

「無理に踊ることはない。フィオナは身体が弱いから」

「ルイス……」

本当は婚約者同士で踊るのが当たり前だ。でも、私はルイスの言う通り、身体が弱いから途中で倒れる可能性がある。

でも……。

「何か食べるものでも――」

「ル、ルイス！」

私は食べ物を取りに行こうとしたルイスの袖を引っ張った。

「す、少しだけ踊らない？」

ガッツリ踊るのは無理だ。だけど、少しだけ、簡単なステップで無理のない範囲なら、今の私ならいけるかもしれない。

「無理しなくていい。踊らなければいけない決まりもないしな」

私を気遣うルイスに、私は言った。

「わ、私が踊りたいの！　ルイスと！」

恥ずかしくてちょっと声が上擦ってしまった。

「踊りたい？　俺と？」

ルイスが確認するように言うので、私は目を瞑《つむ》ってこくりと頷いた。

今までも一緒に踊ったことはある。でも私はダンスができる体力もなかったから、可能な限り避けていた。どうしても踊らなければいけない時は踊ったけど、お互い嫌いあっていたから殺伐としていたし、私は倒れないようにするので必死で、それどころではなかった。

せっかくだからダンスのいい思い出を作りたい。

ルイスからの反応がなくて、私は恐る恐る瞑っていた目を開いた。

ルイスは顔を真っ赤にして立っていた。

「ルイス？」

「フィオナが……俺と？」

ルイスが信じられないという様子で呟いた。

「俺と、踊りたいと言ったのか？」

「そ、そうだけど」

何かいけなかっただろうか。

「あの、ルイス」

「す、少し待ってくれ」

ルイスが私から距離を取った。

「抱きしめたくなるのを我慢してるから」

「え……」

抱きしめたくなる……？　誰を？　……まさか私を？

「急に可愛いことを言うから……他の男には言わないでくれよ」

か、可愛い!?

「い、言わないわよ」

言うわけない。

「私はルイスと踊りたいんだもん」

私の言葉に、ルイスは固まった。

「勘弁してくれ」

ルイスが顔を両手で覆った。

「理性が利かなくなるだろ」

え……？

ルイスはふうー、と長く息を吐くと、私の手を握った。そしてダンスをしている人々の輪の中に入る。

ゆっくりとこちらのペースに合わせたステップで踊り始める。

「無理だったらすぐに言うんだぞ」

「うん」

ルイスの気遣いが嬉しい。

私とルイスが踊っていることに気付いて、周りがざわついた。しかし、ルイスが釘を刺したためか、みんな直接的なことは言わないし、チラチラと興味深げにこちらを見るだけだった。

楽しい。

踊るのも久々だけど、いつも殺伐としていたし、楽しいと思うことはなかった。だけど今は違う。ルイスはこちらに合わせてくれているし、何より彼も楽しそうなのが伝わってくる。

ダンスって、本当はこういうものだったんだ。

自然と笑みが漏れてしまう。それに気付いたルイスもにこりと微笑みかけてくれた。

いつの間にかみんなに注目されていたが、それすら気にならずに、ルイスとステップを踏んだ。

曲も終盤に差し掛かり、離れるのが名残惜《なごり》しい。そう思った時に、曲が止まった。

ルイスと私も、密着していた身体を離す。

「た、楽しかったね」

「あ、ああ」

お互いどこか気恥ずかしくてはにかんだ。

少しその空気の余韻に浸っていると、後ろから声をかけられた。

「フィオナ嬢」

「サディアス」

サディアスは私とルイスの間に割って入ると、スッとこちらに手を伸ばした。

「私とも一曲踊っていただけますか？」

まさかサディアスにダンスに誘われるとは思っておらず、私は目を瞬いた。

「あ、えっと……」

「ダメだ」

ルイスがサディアスから私を遮るように立ち塞がった。

「フィオナは俺以外と踊らない」

「パーティーですが？　フィオナ嬢は他の人間と踊る権利があります」

二人の間に見えない火花が散っているのがわかる。

「この状況で声をかけるなんて、その根性だけは認めてやる」

「お言葉ですが、今がいい感じだからと言って今までのことが水に流されるわけではないんですよ？」

「お前に付け入る隙があると思うか？」

「隙というのは作って割り込むものですので」

この二人、どうして会う度にやり合っているんだろう……。

私は二人が言い合っている間にサディアスのそばに寄り、彼の袖を引っ張った。

それに気付いたサディアスがルイスにかけようとしていた言葉を止めた。

「フィオナ嬢」

パッと明るい表情になったのが申し訳なさに拍車をかけるが、私は言った。

「ごめんなさい。もう体力の限界だから踊れないの」

先程から足がブルブル言っている。私の必死な様子に、サディアスは一瞬で冷静になったようだ。

「それは仕方ありませんね。ではどこかで休んで――」

「それは俺の仕事だ」

ルイスがサディアスの言葉を遮った。ルイスとサディアスは睨み合っていたが、ふう、とサディアスがため息を吐いて、一歩引いた。

「フィオナ嬢、いつかまた機会があったら踊ってください」

「うん」

「フィオナ、こういう時は『そんな日は来ない』とハッキリ言ってやるんだ」

「婚約者を替えたくなったらご相談ください」

「おい」

またやり合いそうになったので、私は声を上げた。

「な、中庭で休んでるね！　ルイス、また後で！」

言うが早いか、私はその場を後にした。ルイスの「フィオナ！」と言う声が聞こえたが無視をして進む。ルイスはサディアスが邪魔をしてすぐに追って来られないようだ。ありがとうサディアス。

着いた中庭は、メイン会場の騒がしさが嘘のように静まり返っていた。休憩するにはまだ早い時間なので、誰もいないようだった。

私は中庭の端で息を吐いた。

「このまま結婚してもいいかも……」

言ってすぐに自分の頬を叩いた。

ダメよフィオナ！　ルイスと婚約している限り、いつ破滅フラグが立つかわからないんだから、気を引き締めないと！

私が自分を一喝しているその時。

「フィオナ様？」

聞き覚えのある声がした。

声のほうを向くと、アリスが立っていた。

「アリス！　来ていたのね」

私はアリスに近付いた。

「はい。フィオナ様のためのパーティーですもの。来ないわけにはいきません。爵位授与おめでとうございます！」

「ありがとう」

可愛いヒロインから褒められる貴重な体験が嬉しくないわけがない。私はニヤけそうになりながら、お礼を言った。

「その歳で、さらに女性で爵位授与なんてすごすぎます」

「やだ、あんまり褒めないで」

ヒロインに言われると有頂天になっちゃいそう。

照れていると、アリスが急に真顔になった。

「アリス？」

空気が変わったことを察して、彼女に声をかけると、アリスは私の両手をぎゅっと握った。

手が小さい。爪まで可愛い。さすがヒロイン。と思っていると、アリスは叫ぶようにとんでも発言をした。

「フィオナ様はどんなスキルをお待ちですか!?」

「……はい？」

言われたことが一瞬理解できず、私は首を傾《かし》げた。

「いえ、いいんです。わかってます」

アリスがふっと笑う。

「これだけ国の改革をするということは、きっと知能系スキルですね……!? いいですよね、知能系スキル……戦略とか使って大活躍で、そのうち宰相にまで上り詰めて……」

「ア、アリス……？ ちょっと待って？」

私は慌ててマシンガントークをしそうなアリスを止めた。

スキル？ 戦略？ まさか。

「アリス、あなた転生者なの？」

「はい！」

とても元気な返事がきた。

今まで、自分以外にこの世界に転生者がいることを考えたことはなかった。でも私がこうして転生して来ているのだから、他にいてもおかしくはないことなんだ。

どうして頭からその考えがすっぽ抜けていたのだろう。

「フィオナ様も転生者ですよね!?」

「ええ……でもどうしてわかったの？」

私は誰かに転生者だと教えたことはない。だけどアリスは私を転生者だと確信しているようだった。

「フィオナ様のご自宅にお邪魔したことがあったじゃないですか？」

「え？　ああ……」

孤児院に行って倒れた日のことを言っているのだろう。あの日、アリスは私を心配して家まで付いていてくれた。

「ジャポーネのレストランをやっていると聞いた時、絶対フィオナ様とルイス様のどちらかが転生者だと思ったんです。だってこの国にジャポーネに由来するものを扱おうとするなんて、転生者ぐらいしか考えられないですもの」

そうだ。あの日、帰り際ジャポーネのレストランの話をした。あの時、何か言いたそうだったのは、私たちのどちらかが転生者だと思ったからなんだ。

「フィオナ様のほうだと確信したのは、フィオナ様の活躍を聞いたからです」

「活躍？」

「その胸の勲章」

アリスが私の胸元を指差した。そこには国王陛下にもらったばかりの勲章が光り輝いていた。

「フィオナ様がそれをもらうきっかけになった学校などの事業や病院や孤児院の立て直し……この国のやり方とは百八十度違います。そう、発想がまさに私のいた世界のもの！」

アリスが私の胸元を指していた指を私の顔に向ける。

「そこで確信したのです！　フィオナ様が転生者だと！」

まるで探偵のように告げるアリスに内心拍手を送った。自分では気付かなかったが、行動すべてが他の転生者から見たら、私が転生者だと言っているようなものだ。

まさかヒロインが転生者だなんて。

このパターンだと、今までやったゲームや読んだ小説の中では、だいたい対立するんだけど……。

と思いながらアリスを見ると、キラキラと瞳を輝かせていた。

私を嫌ってはいなそう？

「で、フィオナ様はどんな特殊スキルを？」

「え？」

スキル？

そういえば、さっきもそんなこと言ってたな。

私が戸惑っている間に興奮した様子でアリスが話を続けた。

「ここ異世界ですもんね！　きっと転生チートがあるはず！　ふふ、死ぬ前はずっと病院で時間があったからいろんな転生チートもの読んだり、戦闘ゲームやりまくったんですよ……いつ授かるんですかね？　フィオナ様は神から何かお告げがあったとかですか？」

いいえ、何も授かってないです……。

まずいわ……この子……。

私は今の発言で確信した。

——この子、ジャンルを勘違いしている上に、ここが乙女ゲームの世界だって気付いていないのね⁉

どうしよう……真実を伝えるか……でもこの子の澄んだ瞳を見ると本当のことを言うのを躊躇ってしまう。

私はアリスを見る。そこには期待を隠しきれないアリスがいた。

この夢いっぱいの彼女の心を守りたい気持ちもあるし、期待していたのに裏切られて傷付く未来もあってほしくない。私は悩みに悩んで決めた。

——よし！　言おう！

「あのね、ここは異世界で間違いないんだけど」

「そうですよね！　現代でこんなファンタジーな国ないですもんね！　で、魔王はいつ復活します？　魔法は？　ドラゴンは？　ソードマスターになるにはどうしたらいいですかね？」

「落ち着いて、まず落ち着きましょう」

興奮しているアリスを落ち着かせるために、手で「どうどう」という仕草をした。アリスは素直に聞いてくれて、ワクワクした様子を隠せないまま口を閉じた。

私は一つ間を置いて、覚悟を決めてアリスに話した。

「あのね、ここはあなたの想像しているような世界じゃないの」

「ここはね――乙女ゲームの世界なの」

「え？」

アリスがフリーズしてしまった。

「アリス？　アリス、大丈夫？」

アリスの目の前で手を振ると、少ししてアリスがハッとして動き出した。

「ふぁっ！　一瞬意識飛んでました！　乙女ゲームなんてそんな私のやったことないジャンルの世界だなんて思っていなくて……！」

そう、そうよね。転生するなら自分の知っているジャンルの世界だと思うわよね……。

「でも、乙女ゲームでもチートありますもんね！　よし！　頑張ってスキル磨くぞ！」

ああ、私はこれから彼女にさらに残酷な現実を教えなければいけない……。

気が重いが、私は勇気を出して告げた。

「ごめんね……期待しているところ悪いけど、これ、戦闘系乙女ゲームじゃないの」

「え……」

アリスが再びショックを受けて固まってしまった。そして固まった笑顔のまま口を開く。

「戦わないんですか？」

「戦わないのよ……」

「スキルないんですか？」

「ないのよ……」

「魔法は？」

「ないのよ……」

「ドラゴンは？」

「いないのよ……」

アリスがガーン！　と効果音が付きそうなほどのショックを受けて、その場に膝をついた。

「そ、そんな……そんなのって……」

そうよね……ショックよね……自分の期待していた世界と違うのショックよね……。

言わないほうがよかったかな……でも言わないでずっと期待し続けるのも辛いものね……。

なんて言って慰めたらいいか……。

私はまだ膝をついているアリスの肩をそっと掴もうとしたその時。

急にアリスがバッと立ち上がった。そして大きな声を出した。

「でも可能性はありますもんね！」

「……うん？」

何が？

「だって結局異世界にいるわけだし、私たちの常識外のことが起こるかもしれないですもんね！　ということは、特殊能力を手に入れることもあるかも！」

「……」

アリス、まだ諦めてない。

そういうゲームではないと伝えたのに、それを聞いても諦めない。すごい。ポジティブ。ポジティブすぎる。

「ありがとうございます、フィオナ様。どの世界に転生したかわからなくてずっとモヤモヤしていたので助かりました！」

「え、ああ……お役に立てて何より……」

「私、諦めずに己を鍛えます！　そして世界の覇者になります！」

そういうゲームじゃないの！　無理なのよアリス！

しかし、せっかく持ち直したのに否定することなど私にはできなかった。

「あ、ちなみに私ってなんのキャラクターなんです？　モブ？」

「いえ、あなたはこのゲームの主人公であるヒロインよ」

「私主人公なんですか!?」

アリスの声に喜びが混じったのがわかった。

「主人公ならより能力開花の可能性あるじゃないですか！　やった！」

「……」

確かに主人公で特別な存在だけど、そういう特別じゃないのよアリス……。愛されヒロインなのよアリス……。

「フィオナ様はなんのキャラクターなんですか？」

「悪役令嬢……」

「え……」

アリスが私を見る。

「……乙女ゲームはやったことないけど、悪役令嬢って悪役なんじゃないですか？」

「そうね」

悪役って付いてるからね。

「フィオナ様悪役してないじゃないですか！　むしろいい人ですよね」

い、いい人……。

アリスから見て私はいい人に見えるのか。ちょっと嬉しい。

「悪役すると破滅するキャラなの。だからそうならないように大人しくしてるのよ」

「え!?　そうなんですか!?」

アリスが慌てたように言った。

「誰がフィオナ様を破滅に!?　ぶっ飛ばすから大丈夫ですよ、安心してください」

「それに関しては安心できないわ、アリス……」

貴族として断罪されるから、私に罰を告げるのは国王陛下だし、国王陛下をぶっ飛ばしたらただでは済まないわよアリス……。たぶんヒロイン修正あってもダメだと思うのアリス……。

アリスが国王陛下をぶっ飛ばさないように私の破滅フラグをバキバキに折らないと……。

「何か困ったら言ってくださいね！　フィオナ様は私の恩人ですし」

「恩人？」

アリスを助けたことがあっただろうか。思い出そうとするが、そのようなことをした場面が思い浮かばない。

「こうしてゲームについて教えてくれましたし、何より――」

アリスがぐっと拳を握った。

「日本食！」

大きな声で一言言った。日本食？

ちょっと大きな声を出しすぎたと思ったのか、アリスが少し声を抑えた。

「もうこの世界に転生してから日本食が恋しくて恋しくて……この世界、食のレパートリー少なくないですか？　日本生まれ日本育ちの私には辛かった……そこに現れた日本食……ありがとう味噌汁……ありがとう納豆……愛してる漬物……」

アリスが感極まったのか、天を仰ぐように祈るポーズをとった。相当日本食に飢えていたようだ。わかる。食べたくなるよね、日本食……食べられないとなるとさらに……日本育ちの私たちにずっと洋食オンリーは辛いわよね……。

アリスは頷いている私の手をガシッと握った。

「ありがとうございます、フィオナ様……食の楽しみをありがとう……」

「いえ、そんな……」

「日本食がなければそろそろ私はこの国を出奔しようかと思っていました」

「そんなに⁉」

確かに私も食べたかったけど！　国を出るほど⁉

「なのでフィオナ様は私の恩人なのです。困ったことが出来たらすぐに言ってくださいね」

「あ、ありがとう……」

「それに……」

まだ何かある⁉

思わず身構えてしまった私に、アリスはにこりと微笑んだ。

「フィオナ様は私の友人ですからね」

「え……」

友人……？

「あ、いけない。お父様が呼んでる」

アリスが自分の名前が聞こえるほうを振り返った。

「もっと話したいですけど、失礼しますね。今度お手紙書きます」

手を振り去っていくアリスに、私も手を振り返す。

ぽけーっとアリスの去っていった方向を見続けていると、後ろから声をかけられた。

「ごめんフィオナ、遅くなった」

ルイスがお盆に食べ物と飲み物を持って現れた。

心ここにあらずといった様子の私に、ルイスは不思議そうに首を傾げた。

「どうかしたのか？」

「ルイス……私……」

私は身体を震わせた。

歓喜で。

「私、初めて女友達が出来た！」

転生してから女性に嫌われてばかりだった私に、初めて女性の友達が出来たのだ。

アンネとは仲良しだが、侍女だし、友達だとは言いきれない。同世代の令嬢は私のことを避けているし、仲良くなる以前の問題だ。

嬉しい。嬉しすぎる。

歓喜に打ち震えている私に、ルイスがふっと笑った。

「そうか、よかったな」

「ええ。お手紙書かなくちゃ」

なんてお手紙書こう。初めてだからどう書いたらいいかわからない。

「ちゃんと書けるかな……」

嬉しい不安を抱きながら、私は喜びを噛み締めていた。

『フィオナ様、お元気ですか？　私はとっても元気です！

実は今修行を開始して、筋トレや精神統一をしてます。父は不安そうにしていますが、特に文句も言わないので助かってます。絶対止められると思っていたのですが、もしかしたら父は思ってたよりいい人かも？

また成果が出たらお知らせしますね！　アリスより』

「本当に修行始めたんだ……」

有言実行すごい……。

アリス……本当に面白い子だわ……。

思わずふふ、と笑ってしまうと、手紙を読んでいる私を見ていたルイスが笑顔で言った。

「消そうか？」

「何を？」

「そのアリスという人間」

「は!?」

なんで!?　どうしてそうなったの!?　私、友達って言ったよね!?

「だって俺といるより手紙を読んでいるほうが楽しそうじゃないか」

ムスッとした表情でそう告げたルイスに、私は目を瞬いた。

……もしかして、拗《す》ねてるの？

ムスッとした表情で手紙を睨みつけてくるルイスが、ちょっと可愛く思えた。

「女友達と言うから安心してたのに。もしやサディアスより危険な存在なのでは？　手紙を燃やすか？　相手を燃やすか？」

ブツブツ呟いている内容は可愛くないけど。

「手紙も相手も燃やしたらもう口聞かないからね」

「わかった。やめる」

スッと考えを改めるところは素直でいいと思う。

この感じだと、アリスに一目惚れはしてないのかしら？　まだ彼女に好意は抱いてなさそう。

ほっとしていると、ドドドド！　とすごい足音が聞こえてきた。

そしてバーンと私の部屋の扉が開け放たれる。

「フィオナ！　大変だ！」

父だった。後ろに兄と母もいる。

なんだろう。家族のこの焦った感じ、前もあったな。

まさかな、と思いながらも、父に「どうしました？」と訊ねると、父は震える手で手紙を差し出してきた。

このシーンも見覚えがある。割と最近に。

恐る恐る受け取り、封蝋《ふうろう》を見ると、こちらも見覚えがあるものだった。

王家のものだ。

「おおおお、落ち着いてよく聞くんだフィオナ」

「お父様が落ち着いてください」

この中で一番落ち着いていない。以前呼び出された時も家族みんな動揺していたが、それ以上だ。この中にはそんなに驚くことが書いてあるのだろうか。

「あ、あのな……」

父がゆっくり口を開いた。

「お前を結婚相手にしたいそうだ」

「はい？」

私は理解できなくて固まった。

結婚相手？　誰の？　王家って、ジェレミー殿下以外、独身の男性は、五歳の第二王子しかいなかったわよね？

「わかる、わかるぞ、フィオナ、その気持ち。だが落ち着いてくれフィオナ。本当のことなんだ」

これが本当のことなら尚のこと落ち着けるわけがない。

私が手紙の内容を確認しようとしたら、横から手が伸びてきて手紙を奪われた。

ルイスだ。ルイスはサッと手紙を開けると中身を確認して、どんどん険しい表情になっていった。

手紙を破ろうとしたようだったが、王家からの手紙ということを思い出したのか、破ろうと手紙にかけた手を忌々《いまいま》しそうに元に戻した。

「なんて書いてあるの？」

「フィオナの父君が言った通りだ」

つまり、結婚相手にしたいと書いてあったということだ。

「誰と？」

「王太子殿下だ」

「お……王太子殿下!?」

ということはジェレミー殿下!?

私は慌てて手紙をルイスから奪い取った。

そこには学校などの事業に対する働きに対する感謝と、ジェレミー殿下と結婚してほしいという主旨のことが書いてあった。

王家から結婚してほしいと言われても、ジェレミー殿下ではなく、王家の血筋の誰かだと思っていたのに……いや、他は五歳の王子しかいないからそれも困るのだけど。

「ジェレミー殿下にはカミラ様がいるじゃない！」

「カミラ嬢はまだ『婚約者候補』だからな……だから早くしろと言っておいたのに」

ルイスが頭を押さえてはあ、とため息を吐いた。

つまり、ジェレミー殿下に正式な婚約者はいないから、私がなっても王家側に問題はないということだろうか。

「で、でも私、ルイスと婚約してるのに」

「ハントン家との仲が悪くなろうともフィオナが欲しくなったんだろうな。それだけの働きをフィオナはしたから理解はできる」

ルイスは私から手紙を奪うと、破りはしなかったが、我慢できなかったのか手紙をぐしゃりと握りつぶした。

「お望み通り、ハントン家は王家に盾突かせてもらおうか」

ルイスの手の中で手紙がギリギリ音を立てて握られている。

「ル、ルイス、なるべく穏便に……」

「穏便にしてたらフィオナが取られる。そうなったら俺はクーデターを決行する」

「か、過激……」

全力で王家に立ち向かっていくスタイル……。

「ひとまず話を聞きに行きましょう。手紙でも呼び出されてるし」

「すぐに王族でなくなるのに呼び出すなんて偉そうに」

クーデターを成功させる気だわ。

「まだ私はルイスの婚約者だから落ち着いて」

「ああ。俺たちはきちんと誓約書を交わしているからな。大丈夫だフィオナ」

ルイスが綺麗な顔で笑った。

「結婚記念に玉座をあげるよ」

「い、いらない……」

王家に興味ないからクーデターを決行しないでほしい……。

私は痛む胃を押さえながら、国王陛下をどう説得するか考えていた。


最低のコンディションだわ……。

最近は少しよくなっていた胃が最高に痛い。またしばらくスープやお粥など消化にいいものを食べる生活になってしまった。

悲しい。食の楽しみが……。

それもこれも国王陛下が私とジェレミー殿下を結婚させるなどと言い出すからだ。

なんとしてでもやめさせなければ。ジェレミー殿下は私の前世での推しではあったけれど、この世界に転生して結婚相手にしたいかと言うと、そうではない。

それにストレスに弱いこの身体で王太子妃などできるわけがない。常に胃痛に苛まれ、お粥しか食べられなくなり、ストレスで衰弱死していく未来が見える。

そんなの嫌だ！

公爵家の嫁もプレッシャーだが、まだ王太子妃ほどのストレスではない。公爵家の嫁は最悪家に引きこもってもなんとかなるが、王太子妃はそうはいかない。表に出る場面も多いし、その度に倒れるわけにもいかない。

何がなんでも断らないと！

「またお会いできて光栄です、フィオナ嬢」

王城に着くと、アーロンさんに挨拶され、「私もです」と返事をした。

アーロンさんに案内されて、私とルイスは再び来たことのある道を歩く。今回は父も家族の代表として参加する。

「帰りたいな……私はこういう場面に慣れていないんだ……」

父が気弱な発言をする。するとルイスが父をじろりと睨んだ。

「しっかりしてください。フィオナの将来がかかっているんです」

睨まれて、父はピシッと背筋を伸ばした。

「そ、そうだな。すまない」

「わかればいいんです。しっかりお願いしますね、お父様」

「君の父じゃないんだが」

「お父様とは仲良くしていきたいと思っています」

「いや、だからまだ君の父になるとはわからない状況で」

「俺はフィオナと結婚するから俺のお父様です」

父がちょっとときめいた表情になった。

「私がプロポーズのようなものをされてしまった。そうか……もう一人息子が増えるのか……」

照れないでほしい。

これから大事な話をしに行くのだが、こんなに緊張感がなくて大丈夫だろうか。さっきまで自信なさげで緊張した様子だったじゃないか。今一度先程の気持ちを思い出してほしい。いや、自信ないのも困るな。

「では、頑張ってきてください」

アーロンが玉座の間の扉を開けてくれた。このに来るのは二度目。まさかもう一度来ることになるとは。

扉を開いた先には、前と同じメンバーが揃《そろ》っていた。

国王陛下に、宰相とその息子サディアス。騎士団長とその息子のニック。

あれ？　ジェレミー殿下がいないな？

「よく来てくれた、フィオナ嬢。いや、エリオール子爵と言うべきか？」

この間国王陛下から子爵位をもらったばかりだ。ありがたいことだが、まだその呼び名には慣れない。

「お招きいただきありがとうございます。どうぞ、今までと変わりなく、フィオナとお呼びください」

子爵位も、私への感謝のための形としてくれただけで、それによって何かあるわけではない。

今までの通り、エリオール侯爵家のフィオナで問題ない。

私は国王陛下にカーテシーを。ルイスと父は頭を下げた。

「手紙は読んでくれたか?」

国王陛下はニコニコと笑いながら訊ねてきた。

「はい。読ませていただきました」

「この場に呼んだのはその話し合いがしたいと思ってな」

それ以外に呼ばれる理由がないものね。

「……ジェレミー殿下と婚約との話でしたが、お間違えないでしょうか?」

父が確認のために訊ねる。

「ああ。その通りだ」

国王陛下が頷いた。私たちは顔を見合わせた。

「国王陛下、大変恐縮ですが、娘はすでにルイス殿と婚約しております」

それも七歳の時からだ。つい最近婚約したわけでもなく、国内貴族の間では知らない人のほうが少ない。当然国王陛下も存じているはず。知っていて私にジェレミー殿下との婚約を申し込んできたのだ。

「だが、フィオナ嬢ほどの才能を公爵家に留めるのはもったいないと思わないか?」

案の定、私とルイスの婚約を知りつつ、王家のほうがいいのでは? と提案してきた。

「そうは思いません。私に王太子妃は荷が重いです」

「何を言うか。フィオナ嬢は優秀だ。国母に相応しい」

私は意を決して説明する。

「国王陛下、私は身体が弱いのです。国母になれない可能性もあります」

私は身体が弱いため、もしかしたら子を生《な》せないかもしれない。それは跡継ぎが必要な王太子との結婚において大きな問題となる。結婚後に判明するならいざ知らず、結婚前にその可能性があるなら王太子の結婚相手に選ばないだろう。

結婚後、どうしても子供が出来ない場合もある。その場合は、王族の中から次の王を選ぶことはあるが、それは可能なら避けたいはずだ。

「だが、この間のパーティーは参加できたではないか。身体の調子も落ち着いてきたのだろう？フィオナ嬢は若い。そんなに心配することはなかろう」

爵位授与のパーティーのことを言っているのだ。

確かにあの時は奇跡的に長い時間参加できた。でもやっぱり疲れてしまって、途中で帰ったのだけど、もしかして国王陛下は知らないのだろうか？

「パーティーは最後まで参加できておりません。国王陛下、王太子妃は身体が丈夫でなければ務まりません。私は国王陛下の手紙を読んでからプレッシャーに勝てずに食事が喉を通っておらず、常に緊張感を持たねばならない王太子妃になれば、寝込んでばかりいることでしょう」

遠回しに最近体調がよかったのは実家で生活しているからなんだと伝えてみた。

実際王太子妃になったら倒れてばかりな自信がある。常に人の目を気にしていないといけないし、政務もあるし、外に顔出しして愛想良く過ごさなければならない。ストレスフル状態だ。寿命が縮まる。

「うーん……しかしなあ」

だが、これだけ説明しても、国王陛下は私を諦めきれないのか、婚約の申し込みを取り下げる発言をしなかった。

「ジェレミー殿下の意見はどうなのですか？」

「あやつはいい。決定するのはわしだ」

「やはり納得していないのですね」

納得していたらこの場にいるはずだ。私との婚約を反対したからこそこの場から締め出されてしまったのだろう。

「国王陛下が私と結婚させようとしているのは、ジェレミー殿下ではありませんか。そのジェレミー殿下が断っているのに推し進めるのですか」

「フィオナ嬢、王族の結婚において感情は不要なのだ」

「ならフィオナには向かないかもしれませんね」

父が間に入った。

「フィオナは身体が弱いため、感情の揺れで体調を崩します。相手と良好な関係を築けなければ結婚は難しいでしょう」

「ふむ……」

国王陛下が深刻な顔をして黙り込んだ。今までの話を聞いて、ようやく私の身体の弱さの深刻さが伝わり始めたのかもしれない。

「そもそも、我が家に今回の件を伝えておりませんね」

今度はルイスが話に入ってきた。

国王陛下は途端にバツが悪そうに顔を背けた。

「片方が承諾したらいい話だからな」

「つまり、フィオナだけ呼び出して婚約破棄させようとしたということですね」

「人聞きの悪いことを申すな。わしは王太子妃となる選択もあると伝えているのだ」

「そしてフィオナは断っています」

ルイスがきっぱり言い切った。

「はっきり言っておきますが、もしフィオナを奪うなら、我が公爵家が敵になると思っておいてください」

「……」

国王陛下が黙り込んだ。

その時、スッと一人の手が伸びた。サディアスだ。

「発言してもよろしいでしょうか、陛下」

「よい」

「ありがとうございます」

サディアスが国王陛下に頭を下げてから話し始めた。

「この国の経済基盤を支えているのはハントン公爵家であり、彼らの私財は国庫を超えるものと思われ、もしハントン公爵家がこの国を出るとなったら大きな損失です。国としても、ハントン公爵家とは良好な関係を築いたほうがよろしいと思われます」

この国の経済を回しているのはハントン公爵家といっても過言ではない。もしハントン公爵家がこの国を見捨てたら、大きな損失が出ることは間違いない。

「宰相も同じ意見か？」

「はい」

淡々と公爵家を敵に回すなという意見を宰相親子から語られ、国王陛下は大きくため息を吐いた。

「わかった。ハントン公爵家を敵に回すつもりなど毛頭ない。フィオナ嬢が可能なら王家に入ってほしいほど優秀だったのだ」

「我が婚約者を褒めていただきありがとうございます」

ルイスが皮肉を込めて感謝を述べた。

「よかろう。婚約を推し進めることはやめる」

国王陛下の言葉を聞いて、私は笑顔が浮かんだが、次の瞬間また笑みを無くす。

「だが、選択肢の一つとして入れてほしい。まだ結婚するまで時間はあるのだ。条件がいいほうを選べばいい」

私がルイスと結婚するまで諦めないということだろうか。諦めてほしい。絶対国母にはなれない。

しかし、ここでゴネて話がまた戻ったら困る。今はこれを妥協点として受け入れるべきだろう。

「身に余る光栄でございます。結婚までよく検討したいと思います」

「うむ。今日はよく来てくれた。気をつけて帰るがよい」

「失礼いたします」

頭を下げて王座の間を後にする。途中サディアスと目が合って私は目配せで感謝を伝えると、サディアスも小さく頷いてくれた。ニックとも目が合ったが、彼は何も助けてくれなかったので無視した。

アーロンに扉を開けてもらい部屋を出ると、ルイスが眉間に皺《しわ》を寄せていた。

相当この話が嫌なんだろうな、と思いながら、外に出て馬車に乗ると、ルイスがようやく口を開いた。

「サディアスとアイコンタクトを取ってたけど」

「え、そこ?」

今さっき重要な話をしていたんだけど、気になるのそこなの?

「あいつはフィオナに近付きすぎる。次会ったらあのメガネを割る」

「やめてあげて」

視力の弱い人のメガネを割るなんて横暴すぎる。

「国王陛下、納得してくれたかしら?」

一歩引いてはくれたが、不安だ。

「ジェレミー殿下のほうは乗り気じゃないからな。国王陛下の独断だし、あれだけ脅したら強行はしないだろう。したら国を乗っとる」

「そんな話しないでよ。誰かに聞かれたら大変じゃない」

「大丈夫だ。聞かれてもへっちゃらなぐらいの財力はある」

……お金の力って偉大なんだな。

「まあ、王になっても面倒なことが増えるだけだから、このままの関係を維持したいところだな」

「まあ、それはそうよね……」

「フィオナに王妃は負担が大きいしな」

「そうね……」

下克上してルイスが王になるならそうなる。いや、まだ私とルイスが結婚すると決まってないけど。やっぱりアリスに恋しちゃう可能性もあるし!

「フィオナには公爵家でやりたいことをしてのんびり過ごしてもらえたらいいんだ。社交もしなくていい」

「社交もしなくていいの？」

公爵家ともなれば、王族ほどでなくても、いろんな所に顔を出しパーティーを主催し、社交を行うものだ。しかし、ルイスはそれをしなくてもいいと言った。

「社交などしなくてもすでにコネクションはあるし、無理にする必要はない。フィオナが快適に過ごすのが大切だ」

「ルイス……」

私のネックである社交もしなくていいなんて……。

感動しているとルイスが続けた。

「フィオナと俺の部屋でのんびり過ごして、たまに庭園の散歩をして、暇だったら屋敷の図書室で本を読んだり、劇団の人間を呼んで屋敷で演じてもらってもいいな」

「それは快適……」

まさに私の夢ののんびりした暮らし。前世の社畜時代とは違う優雅な暮らしだ。

「ジャポーネの料理人を公爵家で雇って、たまにジャポーネの料理を出してもらうのもいいな。あと温室もフィオナ用に造って、野菜なども育てられるようにしよう」

「素敵……！」

私はその暮らしを想像した。

好きな野菜やハーブなどを育て、日本食をたまに食べ、劇団を呼んで劇を見て、本を読んで。なんと優雅な暮らしだ。

全部屋敷内での暮らしだけだけど。

「あの……ずっと家の中にいるんだけど」

「フィオナは身体が弱いから家の外に行くと心配だ。だから、家にいてほしい」

にこりと微笑まれた。

いや、引きこもりじゃない？　その暮らしもいいけど、外にも出たいんだけど。

「外で遊んだり」

「危ないだろ外は。危険がいっぱいだ」

ルイスは先程からいい笑顔だ。

「安心して暮らせるようにするから」

過保護がすごい。大変だ。王族よりいいと思ったけど、ちょっと逃げたいかも。

「下克上とか、フィオナへの愛の言葉たちも、私がいない所でしてくれないかな……」

そんな会話をしている私たちの後ろで、父が力無く呟いていたことに私は気付かなかった。

馬車が家について、ルイスにエスコートされながら馬車を降りると、アンネが現れた。

「お帰りなさいませ、お嬢様。実はまた手紙が来まして」

「また⁉」

中世ヨーロッパ風の世界、連絡手段が手紙だけだから手紙がたくさん届く。私が生きているうちに電話のようなものは開発されないだろうか。いや、スマホのようなものは出来ないだろうし、電話より手紙のほうがまだいいかな。

「誰だろう……」

私は手紙を受け取り、驚いた。

「カミラ・ボルフィレ!?」

それはもう一人の悪役令嬢、カミラからのお茶会への招待状だった。

✦✧✦　✦✧✦

私は一人、馬車に揺られている。

招待状を握りしめながら、ため息を吐いた。

「どうしてカミラが……」

カミラと私はあまり関わりのないキャラクターのはずだ。ゲームでも友達だった表現はなかったし、現実でもほぼ挨拶のみの仲。記憶を取り戻してからたまに関わったりしたが、仲が良くなったという印象はなかった。

カミラ・ボルフィレ。

彼女はジェレミー殿下のルートで登場する悪役令嬢だ。

幼い頃からジェレミー殿下の筆頭婚約者候補として常に努力をしてきた淑女の鑑《かがみ》。私とは違い、社交界でも人気があり、公爵令嬢という地位もあり、妃《きさき》教育も優秀だとお墨付きをもらうほど賢く、見た目も美しく、みんなの憧れのご令嬢だ。

ジェレミー殿下の筆頭婚約者候補でなければ婚約の申し込みが殺到していたであろう。また
ジェレミー殿下の他の婚約者候補も、ジェレミー殿下はカミラと結婚するものだと思って、ほとんどが辞退している。つまりほぼ内定。

――なんでまだ正式な婚約者ではないのかしら。

彼女がジェレミー殿下の婚約者であれば、すでに相手がいるからと、国王陛下が私とジェレミー殿下を婚約させようとしなかったはずだ。

ゲームの時も、どうして『婚約者候補』なんだろうと不思議だったのよね。

どうせなら婚約者という設定にしたほうが、ヒロインに嫌がらせをする大義名分が持てる。

婚約者候補と婚約者では立場がまったく違う。

何か理由があるのかしら。

「……」

まあ、考えてもしかたないか。

今はこれからのことを考えないと。そう――。

「ようこそお越しくださいました。フィオナ様」

このお茶会を乗り切らないと！

馬車で到着した私を出迎えてくれたのは、お茶会を開いたカミラだった。カミラの後ろには、
前にも見たご令嬢が三人控えていた。どの子も私を睨みつけている。

「お招きいただきありがとうございます。カミラ様」

私は精一杯の笑顔を浮かべた。カミラは私をじっと眺めると、どうぞ、と席へ案内してくれた。私はほっとして息を吐く。

「本日のお茶は異国のお茶なんです」

目の前に注がれたお茶を見る。緑色をしている。この国で飲まれるのは、紅茶が多い。私が広めたハーブティーも最近飲まれるようになったが、私が流通させているもので、このような色をしたものはなく、人が飲んでいるのも見たことがない。

しかし私はこの色に見覚えがある。何より匂いが特徴的だ。

「緑茶ですか？」

「飲む前からわかるとは、さすがフィオナ様ですわね。そうです。ジャポーネの専門店で買いましたの」

前世で慣れ親しんだお茶だ。この国にはなかったが、ルイスとともに行っている事業で、レストランだけでなく、ジャポーネのものを販売することも始めた。売上は好調だと聞いていたが、まさかカミラが買っているとは。

さすがに急須や湯呑《ゆの》みはなかったのか、ティーカップに緑茶が注がれていた。

カミラは緑茶の香りを嗅いでから、一口口に含んだ。

「独特な味がしますが、すっきりしますね」

「さっぱりした味わいですよね。緑茶はカテキンというものが多く含まれています。カテキンは殺菌作用があり、風邪などを予防すると言われているのです。また、カテキンには脂肪の代謝を高め、糖質の吸収を抑える働きもあるので、ダイエット効果も期待できるんです。あ、でもカフェインも多く含まれているので、飲みすぎるとトイレが近くなったり、寝付けなくなるので、ほどほどにして、夜は控えたほうが――」

ここまで喋《しゃべ》ってハッとして周りを見ると、みんなこちらを見ていた。

しまった！　やってしまった！

聞かれてもいないのに勝手に効能について説明してしまった。語りたくなるオタクの習性恐ろしい……気をつけようとあれだけ家で気合を入れてきたのに、早速やらかしてしまった。

私はコホンと咳払いをして、こちらを見ている面々に笑みを浮かべた。

「そういうお茶なんですけど、これを買われるなんて、カミラ様はセンスがありますね」

ははは、と笑いながら私も緑茶に口をつけた。

「味もとっても美味しいです」

えへへへ。えへへ。へへ……。

みんなの無反応に、乾いた笑みが出てしまう。気まずい。そもそもアウェイすぎる、私。

カミラは手にしていたティーカップをテーブルに置くと、口を開いた。

「素晴らしい知識ですわね。わたくしも知らないものです」

「あはは、は……。あの、そういう方面に興味がありまして……」

「その知識を国王陛下は欲しくなられたのでしょうね」

やはりその話のために呼ばれたのだ。

「学校もあなたの提案だとか。発想力もあるのですね」

「いえ、思いついたことを言っただけでして……」

「その思いつきを誰もできなかったのですよ、フィオナ様。あなたは自分の才能を誇るべきです」

誇るべき。

みんなよくやったとは言ってくれたけれど、こんなふうに自分に自信を持てと言ってくれたのはカミラが初めてかもしれない。

たとえ、その言葉に含むものがあろうとも、私は嬉しくなった。

「ありがとうございます」

「――何がありがとうですか」

黒髪のご令嬢は私をキッと睨みつけた。

感極まっている私を現実に引き戻したのは、カミラの取り巻きの一人だった。

「カミラ様の座を奪おうとしているくせに、なんと図々しい！」

「そうです！　ルイス様という婚約者がいるのに、さらにジェレミー殿下もですって⁉」

「王太子妃の地位を欲しがるなんて、浅ましすぎます！」

黒髪のご令嬢に触発されたのか、茶髪のご令嬢と金髪のご令嬢も続いて私を責め立てた。

やはり、私が国王陛下からジェレミー殿下との婚約の打診をされたことを知っているのだ。

だが、私はなりたいとも思っていない。今日はカミラにそれを伝えたくて、気乗りしない上に、心配して騒ぐルイスを説得して、お茶会に参加したのだ。

「王太子妃になりたいなどと、思っていません！」

私は彼女たちの望む答えを言った。というのに、なぜか彼女たちはヒートアップしてしまった。

「どうせ口だけで言ってるんですよね⁉　そう言っておいたほうが都合がいいですものね！」

「王太子殿下とルイス様の双方を手玉に取ろうとするなんて！」

「カミラ様の美しさに敵わないのに、鏡を見てみなさい！」

ひどい。今日もアンネが頑張ってオシャレにしてくれたのに……しかもルイスとジェレミー殿下二人を手玉に取る悪女のように言われている。どうして。

緑茶をもっと飲んでほしい。緑茶に含まれるテアニンはリラックス効果があるから。ここまで興奮していたら意味あるかわからないけど。

「皆様落ち着いてください」

カミラの鶴の一声で一斉に静まり返った。声は決して大きくないのに、カミラの声には逆らえない力がある。

カミラは私を見つめ、その美しい口を開いた。

「つまり、王太子妃になる気はないと？」

「はい！」

私は首を縦に振った。

「そんなの嘘に――」

「ミリィさん」

カミラが茶髪のご令嬢――ミリィを止めた。ミリィは渋々再び口を閉ざした。カミラは視線で私に続きを促した。

「前に伝えたように、私は身体が丈夫ではありません。そんな私に責任のある王太子妃など、無理です。後継を産めるかどうかすらわからない。私は可能な限り静かに過ごしたいんです」

「それにしては最近派手に動いていたではありませんか」

もっともすぎるツッコミに、私は必死に言い訳をする。

「ハーブ事業は私だとバレるとは思っていなくて、学校事業は国王陛下のご命令で仕方なくて……でもどちらもお金のためなんです！」

お金、と言われて、カミラがぽかんとした。カミラのこんな表情を見ることができるとは。

「お金、ですか？」

「はい！　お金です！」

私は激しく頷いた。

「もしかしたらルイスと婚約破棄するかもしれないと思っていたんです。ほら、私たち仲が良くなかったから……」

「それは……そうでしたわね」

カミラから見ても否定しようがないほどに私とルイスは仲が悪かったらしい。そうよね、関係修復できたことが周りからしたら不思議なぐらいよね、きっと……。

「婚約破棄したら、身体の弱い私は他のどこかに嫁ぐのも難しいでしょう。そうしたら実家で生活することになります。家族は受け入れてくれるでしょうが、できれば迷惑をかけたくなくて……自分でお金を稼げるようになりたいなと」

記憶が戻ってすぐは、親のスネをかじろうと思っていたけれど、今は可能なら迷惑をかけたくないと思っている。兄や兄のお嫁さんや子どもにも迷惑をかけちゃうもんね……。

「まあ……努力家ですのね」

カミラが感心したような声で呟いた。

「カミラ様！　騙《だま》されちゃダメですよ！」

しかし、すぐに金髪のご令嬢が否定する。

「家が金持ちなのに自分で稼ぎたいなんてそんな変な人いますか？　信じられませんよ」

「アリーさん、いきなり否定してはいけませんよ」

金髪のご令嬢はアリーと言うらしい。

「カミラ様は人が好《よ》すぎます」

「サラさんも落ち着いて」

黒髪のご令嬢、サラもカミラがたしなめる。三人ともカミラに言われると何も言えなくなるのか、再び黙った。

「周りがうるさくてごめんなさい。本当は二人で話をしようと思っていたんだけど、この子たちが納得しなくて」

「カミラ様は慕われているのですね」

慕われる理由もわかる。カミラはカリスマ性があるし、この人についていきたいと思わせる不思議な力がある。

だからこそ、私はカミラに王太子妃になってほしい。

ヒロインにもなってほしい気持ちはあったが、実際に会ったアリスは王太子妃になりたいと思わない気がする。ドラゴン退治に行きたいとか言い出しそう。

「フィオナ様の言い分はわかりました。しかし、すべてを信じることはできません」

「それは……そうですよね……」

信じてほしいが、いきなりそこまで親しくない自分を信じろと言うのも無理な話だ。

「ですから、今日からわたくしはあなたのことをライバルと思って接します」

「ライバル？」

「あなたの本心がどうあれ、国王陛下があなたに関心を示しているのは事実。つまり、あなたが王太子妃になる可能性はあるのですから、ライバルでしょう」

違うと思います。

そもそも私にはライバルになる気はないのだ。

ゲームでフィオナとカミラは絡みがなかったのに、国王陛下のせいで、変なことになってしまった。しかも面倒な方向に。

「正々堂々、よろしくお願いいたします」

カミラの澄んだ瞳に、「嫌です」とは言えなくて、私は「よろしくお願いします……」と力無く言うことしかできなかった。

✦✧✦　✦✧✦

悪役令嬢にライバル宣言されてしまった。普通それはヒロインの役割では？

肝心のヒロインは今日の手紙でも『フィオナ様の助言通りにしていたら、筋肉が付くようになってきました！　待っててください！　私は片手で岩を砕く女になります！』と書いてあった。砕かなくてもいい。少し落ち着いてほしい。

ライバルと言っても、私はジェレミー殿下と結婚する気がないから、ただ向こうが私を警戒しているだけである。

ジェレミー殿下も私との婚約に反対のようだし、きっとそのうちこの話は流れるだろう。

そう思っていたのに、事態は急展開する。

「フィオナ、大変だ！」

私の部屋を訪れたルイスが、スタスタと足早に私の元へやってくる。手には何かを持っていた。

ルイスはその何かをこちらに差し出してきたので、私はそれを受け取った。

新聞だった。

「とんでもないことになった」

私は新聞の見出しを見て驚いた。

『フィオナ嬢はインチキ』『王太子妃の座を狙っていた！』と書かれていた。

「ど、どういうこと⁉」

私はインチキでも王太子妃の座を狙ったりもしていない。

「なんで新聞社に知られているの？」

私は誰にも今回の件を話していない。

なのにどうして……。

「前のお茶会で、カミラ嬢はすでに国王陛下のお話を知っていたんだよな？」

「ええ」

「ならどこかから話が漏れている可能性があるな」

そんな……。

私は新聞を見る。内容は見出しと変わりなく、私があくどい方法でジェレミー殿下を狙っている悪女であるかのように書かれている。

こんなふうに書かれたら……。

この世界に娯楽は少ない。新聞はその貴重な娯楽の一つで、みんなが読んでいる。ゴシップはみんな大好きだ。

つまり、これを信じる人もいるのである。

せっかく評価が上がったのに……。

ハーブ事業や学校設立の手伝い、爵位授与、そしてこの間ルイスが庇《かば》ってくれたことによって得た信頼がすべて水の泡となり、私はみんなから、「すべて王太子妃になるための、計算高い悪女」と認識されているだろう。

だって全部そのためだったたって書いてあるもん。新聞に。

「『病弱なのも演技である』……嘘でしょ……」

これで倒れてもみんな演技だと思うだろう。

もし今後ルイスや信頼できない人の前で倒れてしまったら適切な処置をしてもらえない可能性もある。その場合最悪の事態も……。

たかがゴシップのせいで、私は命の危険に晒《さら》されるの？

怒りと不安で新聞を持っている手が震える。

その手をルイスがそっと握った。

「大丈夫だ、フィオナ。噂なんてすぐに消える」

「ルイス……」

本当に大丈夫かな……。

「新聞社のほうは俺が買い取ってくるから」

ルイスが新聞をグシャリと握りしめた。

「か、買い取る……？」

「買い取る」

聞き間違いじゃなかった。

「もう二度とこんな記事が書けないようにしないと。それから誰がたれ込んだのか調べておくよ」

私は今改めてルイスって金持ちなんだな、と実感した。

ゴシップの解決方法が新聞社の買い取り……富豪ってすごい……。

「噂が落ち着くまで、フィオナのそばを離れないことにするから」

「ありがとう……」

そうよ、人の噂も七十五日と言うもの。少しの我慢よ！

✦✧✦　✦✧✦

そう思っていたことが私にもありました。

「やだ、よく出てこられたわね、図々しい」

「まさかルイス様では満足できず、王太子妃になりたいなんて」

「あんなに自分を庇ってくれたルイス殿に悪いと思わないのだろうか」

みんなのヒソヒソ話がどんどん耳に入ってくる。

なぜ貴族はパーティーばかりしているのだろうか……。

現代日本人の感覚がまだある私には理解ができない……いや、仕事仲間を探したり、結婚適齢期の相手を探したり、財力を見せつけたり、娯楽が少ない中での娯楽だからだとか、色々な理由があることはわかるけど……わかるけどやっぱり理解ができない……。

本当はパーティーなど来たくなかった。ストレスで体調も万全とは言い難い。だが、このパーティーに来なければ、噂がさらに助長されてしまうかもしれない。私はそれを阻止するために、このパーティーに参加した。

だが、覚悟はしていても、めげるものはめげる。自分の身に覚えのないことで責められるのは辛いものがある。

「フィオナ、気にしなくていい」

「ルイス」

「今君に陰口を言ったやつの家門とは取引するのをやめる」

ルイスの一言で私に陰口を言っていた人たちが途端に口を噤《つぐ》んだ。なんとわかりやすい……国の経済を牛耳っているハントン公爵家に相手にされなくなったら、終わるものね……。

「フィオナ様！」

陰口は聞こえなくなったが、人々はこちらに意味ありげな視線を向けて、私と距離を取っていた。

そんな中、明るく私に声をかけてくれた人物がいた。

「アリス！」

ゲームのヒロインである、アリスだ。

「聞きましたよ！　なんと酷《ひど》い！」

アリスも私の噂を耳にしたようだ。

「あんな記事を書いたやつも、フィオナ様を悪く言うやつも、私がボコボコにしてやります！」

「アリス……」

私はアリスの優しさに感動した。あんな噂が流れても私に普通に接してくれて、こんなに怒ってくれるなんて……。

やっぱりあなたがヒロインだわ。もしルイスがあなたを選んだら邪魔しないから安心してね。と私は口に出さないが心に決めた。

アリスは二の腕を掲げ、もう片方の腕で叩いた。

「任せてください！　私がこの鍛えた拳で再起不能にします！」

あ……ボコボコって物理的に本当にボコボコにする気なのね……。

「ア、アリスありがとう……でもボコボコはいいわ……」

「そうですか？　残念……」

アリスがしょんぼりしながら腕を下ろした。

アリス……可愛らしいヒロインなのに、考えが脳筋すぎる……。

ニックと話が合いそう……。

そう思った時に、会場内がザワついた。私がザワつく方向を見ると、そこには私と噂になっている相手――ジェレミー殿下がいた。

ジェレミー殿下がこの場に来るなんて！

ゴシップにさらに情報を提供するようなものだ。ほとぼりが冷めるまで、お互い会わないようにするべきだと思っていたのに、こんな所で会ってしまうとは！

ジェレミー殿下は私を見つけると、にこりと微笑んだ。

ジェレミー殿下、笑ってる？　あんな噂が流れてジェレミー殿下にとっても不名誉だろうに、怒っていないのかしら……。

ジェレミー殿下は私たちの目の前に立つと、穏やかに話し出した。

「やあ、フィオナ嬢、ルイス。久しぶりだな」

「お久しぶりでございます」

「お久しぶりですね、殿下。事態の収束に時間をかけすぎなのでは？」

いきなり喧嘩腰のルイスに私はギョッとする。

「ル、ルイス！」

「おかげでフィオナも俺にも迷惑がかかっています。あなたのせいです、ジェレミー殿下」

「それについては本当に申し訳ない」

ジェレミー殿下が素直に謝罪をした。

「国王陛下を止められなかった俺の責任だ。陛下はこの話を一時取りやめてくれたが、勝手に記事にされてしまい、フィオナ嬢が俺の婚約者になろうとしていると、みんなが思ってしまった」

まるで状況を説明するように……いや、説明しているのだろう。この場にいる人間は私たちの会話に聞き耳を立てている。きっと今の話で、婚約の話はすでに一度流れており、ジェレミー殿下も、私も乗り気でなかったことは伝わっただろう。

「どれも殿下があのことをちんたらしているからです」

「面目ない」

……あのこと？

なんだろう、ルイスとジェレミー殿下には通じる話があるようだ。

「いくらなんでも長すぎます。相手にも失礼でしょう」

「面目ない……」

ジェレミー殿下が叱られている……。

どうもジェレミー殿下に非がある話らしい。

気になるけど私が突っ込んでいい話じゃないよね。

「まあ、婚約の話は何とかするから問題ない」

ルイスからの責め立てから逃れたジェレミー殿下が、私を安心させるように言った。

ジェレミー殿下も私と婚約する気がまったくないことがわかってほっとする。

「ところで君は……」

ジェレミー殿下が私の近くにいるアリスに気付いて声をかけた。

「アリス・ウェルズと申します」

「ああ、確か最近ウェルズ男爵家に入ったという子か」

ジェレミー殿下はアリスのことを知っていたらしい。

「王太子殿下ですよね！　お目にかかれて光栄です！」

アリスがニカッと太陽のように笑った。浄化されそう。

ハッ！　待って！　もしかして今二人の貴重な初対面シーン⁉

私は途端に胸がドキドキし始めた。

ゲームだとルイスと同じく、ジェレミー殿下もアリスに一目惚れするはずだけど……。

私はジェレミー殿下の反応を見た。

にこにこしている。

あれ？　ゲームだと、アリスの可愛さに呆然としてしまってたはずなんだけど……。

「じゃあ、私そろそろ行きますね！　フィオナ様、また！」

「え、うん……またね！」

アリスもジェレミー殿下に対して特に反応なく、あっさりその場を去っていってしまった。

ジェレミー殿下も引き止めない。

あ、あれ？

「ジェレミー殿下、あの……」

「うん？」

「アリスのこと、可愛いと思いませんか？」

「うん。可愛いんじゃないかな？」

ジェレミー殿下はなんてことないように答えた。

ゲームだとアリスが可愛いか聞かれて、すごく照れていたのに……。

「で、殿下の好みのタイプでは……」

「いいや」

あっさり否定されてしまった。

そんな、ゲームの展開と違いすぎる。

「俺は可愛いよりどちらかと言うと……」

そこまで言って、ジェレミー殿下は止めてしまった。なんだろう。気になるが、ジェレミー殿下はもう話す気がなさそうだった。

「あまり一緒にいてもよくないだろう。俺ももう行くよ。じゃあ、フィオナ嬢。迷惑をかけて申し訳なかった」

「あ、いえ……」

ジェレミー殿下が爽やかに去っていく。

いや、言葉の続きを教えてください！

私は小さくなるジェレミー殿下の後ろ姿を見送りながら、モヤモヤを隠せない。話してくれないなら中途半端に聞かせないでほしい。

でも可愛い系がタイプではないのか。じゃあアリスは？　あんなに可愛いのに。

「ねえ、ルイス。アリスって可愛いし美人よね？」

ルイスに訊ねると、ルイスは複雑そうな顔をした。

「……フィオナはやけにあの男爵令嬢を気にするな」

「え？　そ、そう？」

もちろん気になる。だってこの世界のヒロインなんだから。

「やはり警戒するべきはサディアスよりあの男爵令嬢なのか……？」

ルイスが何かをブツブツ呟いているが私には聞こえなかった。

「何？」

「いや、なんでもない。たとえそうだとしても、俺が頑張ればいい話だった」

何の話だろう。

「何か飲み物でも持ってくるから、少し待っていてくれ」

「わかったわ」

ルイスを見送り、ふう、と一息吐いていると、目の前に影が落ちた。ふと顔を上げると、カミラが立っていた。

その表情はいつもの取り澄ましたものではなかった。

「あ、あの……」

「ジェレミー殿下のことは違うと言っていましたわよね？」

カミラが静かだが有無を言わさぬ声で言った。

「もちろんです！　私とジェレミー殿下は、一時一緒に仕事をしていただけの仲です！　それ以上でもそれ以下でもありません！　先程ジェレミー殿下のお話しした通りです！」

カミラもこの場にいたのなら聞いていていたはずだ。だから、ジェレミー殿下も婚約に乗り気でないことも伝わっているはず。それなのに、カミラの表情は晴れなかった。

「なら、どうして……」

カミラの身体が小刻みに震える。

「どうしてあなたには笑うのです……？」

「え？」

「あの方は、わたくしの前では笑ってくださらない……」

カミラの声は静かだが、それでもよく聞き取れた。

笑わない？　誰が？　ジェレミー殿下が？

そんなはずない。だって彼はとても穏やかな性格だ。きっと私以外にも笑いかけているはず。

カミラにだって、ゲームでは笑いかけていた……そう、そのはずだ。そのはずなのに。

カミラの表情から、彼女の言葉が本当なのだと知る。

どうして？　ゲームではカミラと距離はあっても、嫌いあっているという描写はなかった。

ジェレミー殿下も、アリスと出会うまでは、カミラを尊重していたはず。

「あなたの前ではあんな風に笑うのですね」

カミラは悔しそうに唇を噛んだ。

「いえ、私の前だけではなく……」

「嘘つき」

私が否定しようとするも、その声は遮られてしまった。

「わたくし、あなたのこと、信じようとしましたのに……」

「誤解です！」

私は本当のことしかカミラには言っていない。今カミラが考えていることは、完全にカミラの勘違いだ。

そう伝えたいのに、口を開く前に、バシャッと何かを頭からかけられた。

かけられたものの冷たさに、身体の芯から冷えていく。

ドレスを見ると、紫色のシミが出来ていた。

これは……ワイン？

「ジェレミー殿下に近付かないでくださいませ！」

カミラは普段の冷静さを失い、大きな声で私に言った。

待って、本当に誤解なの。今騒ぎを大きくすると、またみんなの勘違いが加速してしまう。

だからなんとかカミラに伝えたいのに、声が出ない。

あれ、身体が寒いのに熱くなってる……。

視界もちょっとぼやけて……。

そうだ。ここしばらく、ストレスからパン粥などの胃に優しいものばかり食べていたから……。

やっぱりきちんと食べないとダメね……。

そう思いながら崩れる身体の視界に入ったのは、慌てているルイスの顔だった。

ルイスなら大丈夫。きっと事態を収束させてくれるはず。

そう思って私は目を閉じた。

✦✧✦ ✦✧✦

俺はフィオナを抱きしめながら、激しい怒りを感じていた。

フィオナの身体にはワインがかけられており、それはフィオナの近くに立っていたカミラがかけたことは、火を見るより明らかだった。

だってカミラは空のワイングラスを持っていたから。

「君がやったのか、カミラ嬢」

「あ……」

俺の怒りにカミラの顔は青ざめた。それは自分が犯人だと認めたも同様だった。

「あの……ちょっとした牽制《けんせい》のつもりで……まさか倒れるとは……」

「フィオナは何度も身体が弱いと伝えたはずだが？」

「それは……」

「信じていなかったんだな」

「……」

返せる言葉がないのか、カミラ嬢は黙ってしまった。

「ただでさえストレスがあったのに、冷たいワインを被って……身体に限界がきたんだな……パーティーなど休んでいいと言ったのに……」

だが今休むと、さらに噂が加速すると言ったのはフィオナだった。だけど、こんなことになるなら、フィオナを説得して家にいてもらうべきだった。

「噂なんか放っておけと言うべきだった」

後悔しても遅いが、後悔せずにいられない。

俺はフィオナを抱き上げた。

「あ、あの、申し訳ございません……そこまで身体が弱いとは……思って、おりませんでした……わ、わたくしが」

「謝罪も弁明も結構」

俺はピシャリと言った。

「それはフィオナに言ってくれ」

「……はい」

「それから」

俺は大慌てでこちらに来る男を視界の端に捉えながら言った。

「君たちには話し合いが必要だと思う」

「え？」

「カミラ！」

ようやくこちらに辿《たど》り着いた男——ジェレミー殿下がカミラの名を呼んだ。

カミラはジェレミー殿下を見ると、青い顔をさらに青くする。

「ジ、ジェレミー殿下……」

「カミラ、これはいったい……」

「これもすべて殿下のせいです」

俺の言葉に、ジェレミー殿下はハッとし、カミラは首を横に振った。

「違います！　わたくしが勝手に……！」

「その行動は不安からだろう。そして、不安にさせているのはジェレミー殿下だ。そうでしょう、ジェレミー殿下」

俺の指摘に、ジェレミー殿下は、いつもの穏やかな笑みを引っ込め、真剣な表情で頷いた。

「そうだ。その通りだ。すまない」

「さっさと話し合ってください。あなたの行動でこちらまで迷惑です」

ジェレミー殿下は申し訳なさそうに肩をすくめた。

「殿下のせいではございません！　わたくしが……」

「その弁明はもういい。俺はもう行く。あとは二人でよく話して、こちらにもう迷惑がかからないようにしてくれ」

俺は言いたいことを伝えると、フィオナを抱えて会場を後にした。

馬車で移動している間、フィオナに何かあるのではないかと気が気ではなかった。

馬車がエリオール侯爵家に着いてすぐに、俺はフィオナを抱えながら大声を出した。

「エリック！　エリック！　すぐに来てくれ！」

俺の声にただごとではないと思ったエリオール家の人間が一斉に玄関先に出てきた。

「フ、フィオナ!?　これはいったい……」

「会場でワインをかけられました……守れなくて申し訳ございません」

フィオナの姿に驚いている彼女の家族に経緯を説明し、頭を下げる。

「いや、パーティーに行くと言ったのはこの子だし、避けられなかったのだろう。君が気にすることはない」

「……」

フィオナの家族は許してくれたが、俺は自分が許せない。

一時でも離れるべきではなかったんだ。

「どいて！」

エリックも到着し、フィオナの様子をその場で診る。

「熱があるね……身体が衰弱しているところに冷たいものを被ったからだ。すぐにベッドに寝かせて。服を着替えさせて身体を温めて。でも熱で苦しいだろうから、脇の下や鼠径部《そけいぶ》を冷やして熱を下げてあげて」

「わかった！」

「承知しました」

俺はすぐさまフィオナを彼女の部屋に連れていき、ベッドに寝かせる。一度部屋から追い出され、フィオナの侍女が彼女のために着替えなど必要なことを行った。

エリックの処置も終わり、部屋に呼ばれ、フィオナのそばにある椅子に腰掛けた。

「熱が高かったから、解熱剤を投与したよ。症状は酷くないから、きっとすぐに熱は下がる」

エリックの言葉に、俺はようやく深く息を吐いた。

「そうか……ありがとう」

「この部屋の隣にいるから、何かあったら呼んで」

「わかった」

俺が頷くと、エリックは部屋を出ていった。

「フィオナ……」

フィオナは顔を赤くして、苦しそうに息を吐いている。俺は汗でフィオナの額に張り付いた前髪を払った。

「守れなくてごめん」

俺はフィオナの手を握った。熱い。

フィオナの身体は本当に弱い。ワインをかけられただけで高熱が出るほどに。

だからこそ、俺が守らなくてはいけなかったのに。

「もっと、もっとフィオナに気を配らないと……」

俺は決意を新たにしながら、フィオナの回復を祈った。

第四章　カミラとジェレミー

一方。

「……」

「……」

ジェレミーとカミラは二人で向き合いながらも、どちらも言葉を発せずにいた。

パーティー会場から場所を移して、今は王城のジェレミーの部屋にいる。

結婚前に二人きりでいる許可は出ていないため、ドア近くにアーロンが立っている。

「……」

「……」

二人とも、どう話し出すか考えていた。

長い沈黙の中、先に口を開いたのはカミラだった。

「申し訳ございません、殿下。ご迷惑をおかけしてしまいました」

カミラが深々と頭を下げるので、ジェレミーは慌ててそれを止めた。

「いや……すべては俺の不徳の致すところだ」

「いいえ。わたくしは殿下の筆頭婚約者候補……それだけだというのに、要らぬ嫉妬心を持ってしまいました」

カミラは初めてジェレミーに会った日のことを考えていた。

まだジェレミーもカミラも子供と言える年齢に開かれた、ジェレミーの婚約者を選ぶために準備されたお茶会。

たくさんいる令嬢の中にいながら、カミラは公爵家の令嬢として品位を保ちながら、どう逃げ切るか考えていた。

カミラは初め、王太子妃に興味がなかった。

実家は公爵家で、王家ほどではないが権力があるし、家族仲も良い。きっと今ここで王太子殿下と婚約しなくても、他で良縁を見つけてきてくれるだろう。何も倍率の高い争いをわざわざする気はなかった。

だから早く終わらないかなと思っていたのに。

「迷ってしまったわ……」

王宮は大きい。お茶会の会場も大きな離宮が使われており、その中に庭園があった。離宮の中はさすがに自由に歩き回れないが、庭園は好きにしていいと言われていたので、いかに自分をよく見せるかの争いをしているお茶会に早々に飽きたカミラは、庭園を散策することにした。

そこで迷路のようになっているバラ園を見つけて、入ってみたのが運の尽き。

「はあ……どうしましょう」

お茶会の会場はこの迷路から離れている。叫んでも気付かれないだろう。

なんとか脱出できないかと足を進めていたが、むしろどんどん迷路の奥に迷い込んでいる気がしている。

迷ってからどのぐらい経ったのか。誰か気付いてくれたらいいが、もしこのまま気付かれなかったら……？

想像してカミラは背筋が寒くなった。

今日の参加者はきちんと記録されているはず。だから、自分がいなかったら気付いてくれるはず。……そのはずだが。

──本当に気付いてくれるかしら？

お茶会開始前は参加者をチェックしていたが、帰りもチェックしてくれるだろうか。

さすがに迎えの馬車が来た時に気付いてもらえるだろうが、最悪それまでこのままなのだろうか。

段々と空が暗くなって雨が降りそうだし、そのせいで日が陰って寒くなってきた。飽きてすぐに中庭に出てきたので、あまり食べ物も食べなかったからお腹も空《す》いてきた。

──叫ぶ？　いや、体力を消耗するだけだ。休むためのベンチも見つからないし、なるべく体力は温存しないと。

そう思った矢先、雨がポツポツと降り始めた。恐れていた事態になり、この年齢にしては冷静だと言われるカミラも、動揺を隠せない。

必死に出口を探そうとするが、どちらに行けばいいのかわからなかった。

泣きそうになったその時。

「あ、見つけた」

男の子の声がした。

振り返ると、そこには先程見た王太子ジェレミーが立っていた。

「……殿下？」

「捜したよ」

ジェレミーはカミラの手を掴んで、そのまま手を引いてくれた。

「ここ、難しいでしょう？　俺もよく迷ったんだ」

「……はい。迷路としての機能を果たしすぎて困りました」

正直な感想を言うと、ジェレミーが「そうだね」と笑った。

「どうして私がいないことがわかったんです？」

「まだ話していない子がいるなと気になっていたんだ。そうしたらいつの間にかいないから。離宮の警備に君を見なかったか聞いてようやくここにたどり着いたよ」

「……そうでしたか」

あの大勢の中で、自分が認識されていたことに驚いた。

「ありがとうございます」

迷路から抜け出して、まだ手を繋いだまま、ジェレミーにお礼を言った。自分から手を離すのが名残惜しくなった。

「どういたしまして。改めて挨拶させてくれ。俺はジェレミー」

「わたくしはカミラと申します」

ジェレミーはにこりと笑うと、カミラの手を離した。

「また話せるといいね」

ジェレミーはそう言うと、カミラに背を向けて行ってしまった。

カミラは高鳴る胸を押さえた。

その後、家に『婚約者候補合格通知』が届いて、カミラは大いに喜んだ。

なぜなら、カミラはジェレミーに恋をしてしまったからである。

——これからは勉強も頑張って、お淑やかにして、国民の誰からも認められる人間になろう。

ジェレミーの隣に並ぶにはそれぐらいしなければ。

カミラの努力で、カミラは誰もが羨むご令嬢となったのだ。


——でもその努力も水の泡だわ。

今まで誰から見ても美しく知的なカミラでいたのに。

つまらぬ嫉妬心ですべてを失くしてしまった。

カミラはジェレミーに深く頭を下げた。

「殿下、わたくしを筆頭婚約者候補から外してくださいませ」

「なんだって？」

「わたくしは殿下の伴侶として相応しくありません」

嫉妬心で人に迷惑をかけるような人間では王太子妃は務まらない。

日々努力してきたが、それも今日で終わりだ。

「ありがとうございました、殿下。今まで楽しかったですわ」

最後だから、綺麗に見えるように。

そう気を付けて浮かべた笑みは、果たして美しく見えただろうか。

カミラはジェレミーに背を向け、部屋を出ていこうとする。

部屋の扉の取っ手に手をかけた時。

「待ってくれ！」

ジェレミーの大声が部屋に響いた。思わずカミラは取っ手から手を離した。

「……ジェレミー殿下？」

振り返ると、ジェレミーが真剣な表情でこちらを見ていた。

「行かないでくれ」

「ですが、わたくしは」

「初めから決めていた」

ジェレミーの言葉が何を意味するのかわからなくて、カミラは瞳をパチクリと瞬いた。カミラが帰ろうとするのをやめたことを確認したジェレミーは、意を決したように話し始めた。

「婚約者は初めから決めていたんだ」

「え？」

ジェレミーが婚約者を決めていたなど初耳だ。

カミラはズキリと胸が痛んだ。

決めていたと言うことは、ジェレミーの心はずっと昔からその者にあったということだ。

――私の一人相撲だったんだわ。

カミラは自嘲したくなるのをグッと堪えた。

「どなたです？　そんなこと一言も……」

「君だよ」

カミラは再び目を瞬いた。何を言われたかわからないと言いたげな表情に、ジェレミーはもう一度言った。

「俺の婚約者は、君だよ、カミラ」

「……は？」

どういうことだろうか。

自分は婚約者候補であって、婚約者ではない。決めていた、と言ったが、それはつい最近決めたのか、それともずっと前から決めていたのか。それならなぜすぐに言わなかったのか。

「婚約者を決めるお茶会前から決めていたんだ」

「……お茶会前？」

どういうことだろうか。混乱してきた。お茶会前に決めていたなら、あのお茶会はなんのためにあったのか。そもそもカミラとジェレミーはあのお茶会が初対面のはずだ。

疑問ばかり湧き出るが、ひとまず話を聞くことにした。

「実は……カミラとはもっと前に会ってるんだ」

「え？」

まさかの回答に、カミラは驚きを隠せなかった。なぜならカミラはお茶会前にジェレミーに会った覚えがないからだ。

「カミラは俺だと気付いていなかったと思う」

「気付いていなかった？」

ジェレミーは言いにくそうにしながらも、口を開いた。

「毎日次期王としての教育ばかりで息抜きをしたくなった時があって……変装して街に行ったんだ」

「変装って……もしかして平民の格好をなさっていたのですか？」

ジェレミーが頷いた。

カミラは再び驚いた。カミラの知っているジェレミーは品行方正で、そんなことをするとは想像もしたことがなかったからだ。

カミラが驚いていることに気付き、引かれたと思ったのか、ジェレミーが必死に言い訳をした。

「君に出会ってからはしたことがないからな⁉　君に会う前のことであって、それからはまったく！」

「いえ、別にそれぐらいいいとは思いますが……」

カミラは驚いただけで、それが悪いことだとは思っていない。責任の大きな次期国王という立場であるジェレミーに、息抜きは必要だと思っている。ただ、今までのジェレミーはカミラの前でそんなことをする素振りをしたことがなかったから驚いてしまっただけだ。

カミラの反応に、ジェレミーはほっとした様子で胸をなで下ろした。

「よかった……君は真面目な人だから、この話をして嫌われたらと思って……」

「そんなことで嫌いになったりいたしません」

カミラのジェレミーへの想いを舐《な》めないでほしい。

「いや、わかっている。君はとても誠実な人だと」

「ご理解いただきありがとうございます。それで、わたくしとはどのようにして会ったのですか？」

カミラもたまに街に出ることはあった。ジェレミーと違い、貴族令嬢としての外出だったが。

「街に出た時、破落戸《ごろつき》にぶつかってしまったのだ。お忍びで出かけたから護衛はいないし、俺が王太子だとは誰も気付かず、破落戸に口汚く罵られて、手を振り上げられた」

「まあ！　殿下のことを殴ったのですか⁉」

カミラは今すぐその輩《やから》を見つけ出して厳重に罰せねばと思った。

「いや、殴られてはいない。君が助けに入ってくれたから」

「え？」

カミラが助けた。ジェレミーはそう言ったが、やはりカミラはまだ思い出せなかった。

人助けをしたことはある。カミラは理不尽を許すことができない。今の話を聞いていると、助けたと言うのなら、おそらく、幼い子供を殴ろうとしている大人が許せなくて間に入ったのだろう。

「ちょうどその時そこを馬車で通りかかった君が、俺を見つけてわざわざ馬車を止めて出てきてくれたんだ。その時君が言ったことも一言一句覚えている」

ジェレミーはその時のことを思い出しているのか、どこかうっとりとしながら言った。

「『大の大人が、力で敵わぬ子供に拳を上げるとは、恥を知りなさい』……カミラは恐れることもなく、俺と相手の間に立ち塞がりながら言ったんだ」

ジェレミーはその時のカミラを思い出した。すっと背筋を伸ばし、相手に臆することなくしっかり目を見て、堂々としていた。

その姿は今まで見てきたどの人間よりも美しく、感動した。

「そして、思ったんだ。俺もこうでありたいと」

高潔に、強く、誇り高く、民を守れる王になりたい。

カミラの姿はジェレミーに目標を与えた。

「……申し訳ございません。覚えておりません」

正確に言うなら、似たようなことがありすぎて、一個一個覚えていない。親には毎回危険なことをするなと怒られていた。だが、カミラは悪いことをしたとは思っていないし、今こうして当時助けた人間の話を聞いても、やはり間違っていなかったと思った。

「覚えていないのも無理はない。君にとっては日常の一コマだったのだろう」

「……面目ございません」

覚えていないと伝えても、ジェレミーは気にした様子もない。カミラが覚えていないことを予測していたのかもしれない。

「それからその貴族の娘がどこの人間か調べて、カミラを見つけた。あとはどうやって君に選んでもらえるかを考えていたよ」

「殿下が選んでくだされば、良いだけでは？」

王太子殿下から婚約を申し込まれれば、断る家門は少ないだろう。

「いや、それでは意味がない。俺はカミラに選んでもらい、両想いで結婚したかったんだ」

ジェレミーがなぜわざわざあんなお茶会を開いたのかがわかった。あくまで自然にカミラに出会い、カミラにジェレミーを選ばせたかったのだ。

いきなり個人だけ呼び出したりしたらそれは自然ではないし、ジェレミーの言う通りだとしたら、確かにスムーズな作戦だったのかもしれない。だが、今の話だと疑問が残る。

「ならば、なぜわたくしを正式に婚約者にしてくださらなかったのです？」

その流れなら、そのままカミラを婚約者にしてもいいはずだ。むしろそれが自然だろう。

しかし、ジェレミーはカミラを婚約者にせず、あくまでカミラの立場は『筆頭婚約者候補』。

そのおかげでカミラはいつも自身の危うい立場に不安を抱いていた。

いつ誰に足をすくわれるか。ジェレミーが誰か他の人間を選んだら……。

ジェレミーがカミラを婚約者にしてくれていたら、そんな不安を抱かずに、心穏やかでいられたというのに。

「それは……カミラと俺の想いの強さが違うから」

想いの強さ？

「できれば俺と同じぐらいカミラが俺のことを好きになってくれたらと思っていたんだ」

「わたくしは殿下をお慕いしております」

カミラは初めからジェレミーへの想いを隠していない。おそらくほとんどの人間がカミラがジェレミーに懸想していることを知っているはずだ。

「うん。それは知っているんだ。知っているんだけど……」

ジェレミーは歯切れが悪い。

「ここまで来たらはっきり言ってくださいませ。たとえお互い想いあっていても何か結婚できない理由があるのならわたくしは身を引きます」

「身を引く……⁉」

今日一番の大きな声でジェレミーが叫んだ。

「ダメだ、それだけは！　君が俺と結婚してくれないなら死ぬ！」

「大袈裟《おおげさ》すぎますわ」

「大袈裟じゃない！」

カミラが呆れたように言うと、ジェレミーは真剣な声で否定した。

「君に嫌われるのが怖くて隠していたけど……」

ジェレミーが、自室の中にあるもう一つの扉に手をかけた。

「頼むから嫌わないでくれ……」

「殿下を嫌うなどありえません」

「その言葉に責任を持ってくれよ……」

ジェレミーはついに意を決して扉を開け放った。

目の前に広がる光景に、カミラはポカンと口を開いた。

「……は？」

✦✧✦　　✦✧✦

一ヶ月寝込んだらしい。

そして驚くべきことに、その間ルイスはずっとそばを離れなかった。

朦朧《もうろう》とする意識の中、誰かに介助されながら食事したりしていたけど、その相手がルイスだとは思わなかった。アンネだと思っていた。

目覚めた瞬間げっそりしたルイスの顔が目に飛び込んできてビックリして叫んでしまった。

「きゃ――――!? 何ゾンビ!?」

「フィオナ! 目が覚めたか!?」

「さ、覚めたけど……」

「うっ……」

どう見ても私よりボロボロのルイスが大粒の涙を流し始めて私はうろたえた。

「どうしたの? なんで泣くの? どうしてそんなにげっそりしてるの? 私の風邪が伝染《うつ》った?」

泣いているルイスにオロオロしながら、私も混乱しているのであれこれ聞く。ルイスは涙を拭いながらこの状況について説明してくれた。

「あれから一ヶ月も寝込んで……食べないと死んでしまうから、食事はフィオナの意識が少し戻った時に食べさせていた。汗をかいて冷えてもいけないし不衛生にするのもダメだと言うから、身体を拭いて着替えもさせた。でも中々意識が戻らなくて……フィオナに何かあったらあの女を殺して自分も後を追おうかと思った」

今すごく怖いこと言った……。目覚めてよかった……。

「私そんなに寝込んでいたのね……心配かけてごめんね。それで、どうしてルイスはそんなに体調悪そうなの?」

痩せこけ寝不足なのか隈《くま》も出来ている。ルイスの長所である美しさが損なわれてしまっていて、私への心配からだろうかと申し訳なく思った。

「それは……フィオナの看病をしていたのが俺だから」

「え？」

看病？　公爵家嫡男が？　わざわざ自分の手で？

いや、待って、それよりさっきルイスは何をしたって言ってたっけ？

私は病み上がりでぼんやりする頭を必死に働かせた。

ルイスは確かにこう言った。『身体を拭いて着替えもさせた』と……。

身体を拭いて着替えもさせた⁉

「わ、私の着替えとかしたのってアンネよね⁉」

お願い！　アンネだと言って！

しかし、ルイスは不思議そうに首を傾げた。

「？　俺だが？」

何を当たり前のことを、みたいな顔をされても！

「婚約者が寝込んでいるのだから、それぐらいしても当然だろう」

「当然じゃないと思うわよ⁉　心配して見舞いにくるぐらいじゃないかしら、普通は！」

「じゃあ俺は普通じゃない」

あっさり自分が普通じゃないと認めたルイスは、恥ずかしさで震える私の手を取って、頬に寄せた。

「目覚めてよかった……一時は本当に危なかったんだぞ」

「え、そうなの？」

「肺炎にもなっていたらしい。俺は自分の死を覚悟して遺書を書いた」

私の死ではなく自分の死なところを考えると、さっき言っていたことは本気だったのかもしれない。

本当に目覚めてよかった。あと少し遅ければルイスが早まっていたかもしれない。

「フィオナ、フィオナ……」

ルイスが私の手にスリスリと頬を寄せると、彼のカサカサになった頬の感触がわかって、本当に私を心配してくれていたことがよくわかった。

着替えに恥ずかしがっていたのが申し訳なく思えてくる。ただ看病してくれただけなのに、私ったら。

「心配かけてごめんね、ルイス」

「いや、俺が離れたのが悪かったんだ。もう片時も離れない」

ルイスが私の手を握る手に力を込めた。

ルイス？　片時もなんて嘘よね？　本気で言ってないわよね？

「これからは護衛も付けてフィオナに誰も危害を加えられないようにする。俺も常にそばにいて……ああ、そうだ。フィオナの住まいを移すことにしたから」

「は？」

住まいを移す？

「ハントン公爵家にフィオナがすぐに住めるように手配した。ご家族も納得している」

「え」

「アンネももちろんそのままうちに来る」

「あ、ありがとう……？」

アンネは結婚後も一緒だと約束したものね。

って違う違う違う！

「私は納得してないんだけど!?」

「ハントン公爵家にいればフィオナを守りやすい」

「そ……れはそうかもしれないけど……」

ハントン公爵家の守りならきっと鉄壁だろう。だけど、私はハントン家に住む気はない。というか、嫁入り前に住むってどういうこと!?

「私、まだやりたいこともたくさんあるし」

「ハントン公爵家でやってもいいぞ」

「お、おばあ様とうまくやっていけるか不安だし」

「おばあ様はフィオナを気に入ってるから大丈夫だ」

「今家で育ててるハーブとか、ここの人間は管理できないし」

「人を雇おう」

ダメだ、もう思いつかない。

その時、ガチャ、と扉が開いた音がした。

振り返るとエリックとアンネがいた。

私は救世主だとパッと顔を明るくした。

「エリック、アンネ！」

「お嬢様、お目覚めになりましたか！」

アンネが私に駆け寄った。

「よかった……このアンネ、お嬢様の後を追う覚悟でした」

「命は大切にしてね……」

どうしてみんな私の後を追おうとするんだ。安心して天国に行けないからやめてほしい。いや、そもそもまだ生きてるけど。

「ちょっと失礼」

エリックが私に近付き、脈を測り、目の動きを確認し、心音と肺の音をチェックすると、エリックはふう、と息を吐いた。

「喘鳴《ぜんめい》ももうないね。肺炎も完治とみていいよ」

よかった！

そしてエリックを見て閃《ひらめ》いた。

「エリック、私は可能な限りストレスがない環境のほうがいいわよね」

「それはもちろん」

「環境の変化もストレスになるわよね？」

「なるだろうね」

よし、医師から言質を取れたぞ！

「ほら、今の環境のままのほうが、私の負担にならないと思うの」

だからルイスの家に移住はなしでお願いします！

ルイスは私の言葉に見るからに肩を落とした。

「……俺と暮らすのは負担というわけか？」

まるで捨てられた子犬のような瞳に、思わず顔を背けた。

そんなしょんぼりすると罪悪感が湧くじゃない！

「そういうことではないの！　その……結婚してからのほうが、新婚を楽しめると思うし」

新婚の醍醐味《だいごみ》であると思う。

というか大半の貴族がそうして結婚しているから、普通と違うことはしなくていいと思うの！

「結婚してくれるということか⁉」

「え？」

「フィオナは婚約破棄の話も出してきたし、本当は結婚したくないんじゃないかと思っていたんだ……たとえそうだとしても離す気はなかったけど、そう言ってくれるということは、結婚する未来を見据えているってことだよな？」

違います……。

まさか結婚というワードに反応するとは思わなくて、私が何か返事をする前にルイスが嬉しそうに頬を緩めた。さっきまで捨てられた子犬のような顔をしていた男とは思えない。

しかし、これははっきり「違います」と答えたらどうなるのだろう。さっき、離す気はないとか言ってなかった？　否定したらルイスの実家に連れていかれたりしないよね？

そんなことはないと思いたいけど笑顔の圧がすごいから、私はすごく小さな声で「そうです……」と答えた。

ルイスは私の返事を聞くとさらに笑顔になり、満足そうに頷いた。

「フィオナの言う通りだな。うん。新婚の醍醐味は大事だよな」

いや、必死の言い訳で言っただけで、本当にそうは思っていないんだけど。

ルイスはうんうん呻《うめ》いていたが、少しして答えが出たようだった。

「じゃあ外出は俺に必ず事前に知らせて、必ず俺も同伴させること。家の中も心配だから、必ずアンネから離れないこと。これを条件にしよう」

箱入り娘かな？

貴族令嬢ということで、箱入り娘なのは間違いないけど……ルイス心配しすぎじゃない？

私、ルイスに許可もらわないとおでかけできない上に、必ずルイス同伴なの？

「仕事があるんじゃ……」

「大丈夫だなんとかなる」

何をどうするつもりなんだろう。私といる間仕事が進まないだろうし……仕事命なんじゃなかった?

「心配しなくていい。フィオナに苦労させないようにこの国一番の金持ちの地位を誰かに渡す気はない」

稼げなくなることを私が心配していると思ったのか、安心させるような笑顔でそう言うけれど、そこを心配していたのではない……。

「まだ不安か? じゃあフィオナが家にいる時も護衛を雇って……」

「もう充分よ! 大丈夫だから!」

これ以上護衛という名の監視を付けられたらたまらない。私の自由が一切なくなってしまう。不満しかないがここで受け入れないともっと大変なことになると私の頭の中で警鐘が鳴り響いている。

「わかってくれて嬉しいよ」

ルイスはずっと笑顔だがその張り付いた笑顔が怖い。

「そうだ。フィオナとジェレミー殿下の結婚だが……」

そういえば、国王陛下が諦めてくれていなかった。何かまた王家からアクションがあったのかと身構える。

「ジェレミー殿下は長年恋焦がれた相手と結婚することになったから白紙になった」

「……はい?」

突然急展開すぎる。

✦✧✦

私が寝込んでいる間もルイスとアンネが私の筋力が衰えないようにたまに身体を動かしてくれていたようで、そこまで大変なリハビリにならずに済んだ。本当にまったく動かさないまま寝たきりになるとリハビリがキツすぎるから助かった……。せっかく意識が戻ったのに寝たきり生活だったら泣いていた。

そしてやっと体調が万全というところまで来たところで、王宮に呼び出された。

「本当に申し訳なかった！」

まず玉座の間で国王陛下に謝罪された。

「い、いえ……どうか頭を上げてください」

一国の王に頭を下げられるという事態に困惑する。

「私が欲をかいてしまったばかりに、フィオナ嬢が生死の境を彷徨《さまよ》うことになってしまうとは……面目ない……」

「い、いえ……」

「ストレスなく食事を取れていたらこんなことにはなっていなかったと聞いた……どう考えてもそのストレスはわしがジェレミーとの婚約を言い出したせいだな」

「そ、そんな……」

ことはあるけど……。

「すまない……謝っても謝りきれぬが……この見舞いの品を受け取ってくれ」

国王陛下の言葉に、いつもは扉の前にいるアーロンさんが大きな箱を抱えてきた。そして蓋を開ける。

「お、おおおお！」

そこには金貨と宝石が入っていた。

「どうか受け取ってくれ」

これをもらっていいと⁉

がめつく箱にしがみつきそうになったが、後ろで宰相がすごい顔をしているのを見て思いとどまった。そうだよね……宰相からしたら渡したくないよねこんな高額……しかし、その隣にいるサディアスが隣で何か言っている。

なになに？『と、う、ぜ、ん、の、け、ん、り』当然の権利？　本当に？　本当にこれもらっていいの⁉

「ありがとうございます！　大切に頂戴させていただきます！」

これだけあればいざという時の国外逃亡も簡単にできる！

ホクホク顔の私に、国王陛下がようやくホッとした顔をした。

「よかった。日頃の様子からフィオナ嬢はおそらくこれを喜んでくれると思ったのだ」

私が今まで必ず報酬を要求していたからだろう。国王陛下に金にがめついと思われていたのが恥ずかしいが、真実だから否定もできない。ただ私にできるのはこのお金と宝石に喜ぶだけだ。

「本当にもうお気になさらないでください。今はこの通り元気です。それに、婚約の件も白紙にしていただけるとか」

「おお、もう耳にしたのか」

「ルイスが教えてくれました」

私の隣にいたルイスが頷いた。

「そうか。……いや、そうなんだ。実はな……」

「ここからは俺が話します」

その場にいなかったジェレミー殿下の声が聞こえて、私たちは一斉に後ろを振り返った。

そこにはジェレミー殿下と、カミラがいた。

……え？　カミラ？

どういうことかと、私が思わずジェレミー殿下たちと、国王陛下を交互に見る。

え？　どうして悪役令嬢とジェレミー殿下が一緒に？　しかも雰囲気がとても甘いんですけど⁉

カミラ、モジモジしてない⁉　ねえ、そんなスチルなかったよ⁉

「詳しい話は俺の部屋でしたいんだが、いいだろうか？」

ぜひとも詳しい話を聞きたいので、私は何度も首を縦に振った。

✦✧✦ ✦✧✦

「本当に申し訳ないことをしてしまいました。如何様《いかよう》にも裁きは受けます。どうぞ、フィオナ様の気の済むままになさってください」

カミラがまるで武士のようなことを言い始めたので、私は慌てて首を横に振った。

「いえ！　今回のことは元をたどれば国王陛下が発端でしたし、カミラ様の今までの努力を考えると怒るのも無理はないかと。……何年も、王太子妃になるために頑張っていましたもんね」

ゲームの中でもカミラは王太子妃になるために、並々ならぬ努力をしていたことが描かれていた。だから、私は悪役令嬢であってもカミラが嫌いになれなかった。ゲームでヒロインが現れて、いきなり自分の地位を奪われ、すべての努力が無になるのだ。悪役令嬢になっても無理はない。

それに、今回私が寝込んでしまったから大事になってしまったが、飲み物をかけるなど、嫌がらせにしては可愛いほうだ。本来ならこちらが少し嫌な思いをする程度で済んだはずが、私の身体が弱かったばかりに申し訳ない。ゲームでもカミラがジュースをヒロインにかけるシーンがあったが、それも後日激高してしまった詫《わ》びの手紙とともに新しいドレスも送ってきちんと反省をしていた。

改めて考えてみてもカミラはいい人よね。悪役令嬢なのがもったいないぐらい。だからカミラのこと、嫌いになれなかったんだよなぁ。

「俺からも謝罪をさせてくれ。俺がいつまでも煮え切らない態度を取っていたからこんなことになったんだ」

ジェレミー殿下からも頭を下げられた。確かにジェレミー殿下が婚約者を作らないからこんなことになったと言えるだろう。国王陛下もジェレミー殿下にすでに婚約している相手がいたら、こんな簡単に私に婚約を持ちかけなかったはずだ。

「そういえば、どうしてジェレミー殿下は婚約者を作らなかったんです？　国王陛下もきっと決めるように催促していましたよね？」

カミラはあくまで婚約者候補だった。ジェレミー殿下は未来の王だ。誰かと結婚し、子を生し、この国を支えていく義務がある。

だから、本当なら幼少の頃から婚約者が決まっていてもいいはずなのだ。

ゲームをやりながらずっと疑問だったことを投げかけると、ジェレミー殿下は照れた様子で答えてくれた。

「両想いになりたくて……」

カミラも一緒に照れる。その様子を見て、私は一瞬ぽかんとしてしまった。

「……は？」

何？　どういうこと？　カミラと両想いになりたかったってこと？　でもカミラ、ジェレミー殿下のこと好きだったよね？　ジェレミー殿下がカミラを好きになるまで待っていたってこと？　どういうこと？

「よくわからないよな。そうだよな」

誰から見ても困惑を隠せない私に、ジェレミー殿下がまだ照れた様子で言った。

「その……見せたほうが早いから見せるけど……引かないでくれるかな？」

引かないでくれるって何？　私は今から何を見せられようとしているの？

何も答えられず無言でいたら、同意したと思われたのか、ジェレミー殿下は部屋にある出入口とは別の扉に手をかけた。そして、それをゆっくり開ける。

開け放たれた扉から見える光景に私は絶句した。

「な、何これ……」

壁には一面カミラカミラカミラカミラ！　これでもかというほど年代それぞれのカミラの肖像画。そしてなんだかよくわからない雑貨類。ストローがガラス張りのケースの中に展示されてるんだけど、ゴミじゃないの？　これ何？

「俺のカミラコレクションだ」

「カミラコレクション……？」

何それ……え、本当に何それ……。

「俺が集めたカミラに関係した品だ」

「え……」

待ってつまり……。

「カミラが口をつけたストロー、カミラが書いた落書き、カミラが壊れたから捨てるように指示した靴、カミラが使ったハンカチ、カミラが使った――」

ひ、ひえええええええ！

ジェレミー殿下が品を説明してくれるが、私はドン引きしている。つまり、この部屋全部、ジェレミー殿下が集めたカミラが使ったか触ったかしたものってこと!?

「ス、ストーカー……？」

「違う、愛を求めただけだ」

思わず漏れてしまった言葉をジェレミー殿下がすかさず訂正した。

いや、どう考えてもストーカーだよ。だって使用済みストローをカミラが嬉々として渡すとは思わないもん。絶対秘密で集めてたでしょ？　こんなこと知ってたらカミラが私とジェレミー殿下のことで不安になることもなかっただろうし。

いや、それよりも、ゲームのジェレミー殿下はカミラはもちろんのこと、ヒロインにもこんなことはしていなかったはずだ。爽やかイケメン王太子だった。何がどうしてこうなった。ああ、さようなら、私の推し……。

ガラガラガラと、音を立てて私の推し像が崩れていく。

「カミラ様……訴えたほうがいいですよ……」

王太子に対してこの国の法が動いてくれるかは定かではないが。

私のドン引きした発言に、カミラは頬を赤らめて言った。

「そ、その……確かにわたくしもドン引きはしましたが」

「え、引いてたのか……これからも集める気だが」

「おやめください」

「……」

ジェレミー殿下はやめるとは言わなかった。やめないな、これは。

「ドン引きはしましたが、その……殿下がここまでわたくしを思ってくれたのは嬉しくて」

嬉しくなったの？　これを見て？　私はルイスがこんなことしてたら鳥肌立っちゃうよ……。

「まあ、つまり、俺はカミラが死ぬほど好きで好きで堪らなかったわけなんだが、どうせならカミラにも俺と同じぐらい俺を愛してほしかった」

これと同じぐらいってなかなか難しいのではないだろうか。

「まだカミラが俺と同じぐらい俺のことを好きになってくれているとは思えないが、カミラはこれを見ても受け入れてくれた。それはつまり、俺自身を受け入れてくれるということ」

そうですね。これを受け入れてくれる人は器が大きいから、すごく有能な妃になると思います。

「というわけで、カミラと婚約することになったんだ」

「そうですか……」

私としては、収まるところに収まってくれて嬉しい限りだ。

「ジェレミー殿下はカミラ様のことをいつから好きなのですか？」

ジェレミーがカミラを好きだとはまったく気付かなかった。

「六歳だな」

「六歳⁉」

そんなに早くから⁉　ならもっと早く婚約してあげてよ！　いや、両想いになりたかったんですね！　理解できない！

「俺が平民に変装している時に助けてもらったんだ」

ん？　……平民に変装……？

「それは……王宮での暮らしに息苦しさを感じて息抜きにお忍びで街に出たやつですか？」

「ああ、そうだ。どうして知っているんだ？」

どうしても何も、それはゲームでのアリスとのエピソードだからだ。

ゲームでは幼い頃に城を抜け出して平民に変装したジェレミー殿下が、破落戸に絡まれた際、アリスがジェレミー殿下を助けるために破落戸にリンゴをぶつけて、彼らがよそ見をしている間にジェレミー殿下はアリスとともに逃げ出すのだ。

その時のことが忘れられなくて、そして大きくなってアリスに再会し、あの時の子だと気付き、アリスへの恋心を再熱させるのだ。

幼い頃から好きだったとか、純愛だよね、と好きな設定だった。

そのシチュエーションが、カミラに成り代わった。どうして？

そこでハッと私は気付いた。そうか、アリスが転生者だからだ！

前にアリスが手紙で「子供の頃はしょっちゅう裏山に行ってました！　だってドラゴンの卵とかあるかもしれないでしょう⁉」と書いてあった。ジェレミー殿下がお忍びで街に来ていた時も、きっと裏山にいたんだ。そして、そこにアリスの代わりに、偶然通りかかったカミラがジェレミー殿下を助けたのだろう。

でもジェレミー殿下、ゲームでもヒロインにここまで執着してなかったんだけど……いや、もしかしてゲームでは出ない裏設定であったのかな……。

と、いけない、ジェレミー殿下の質問に答えないと。

「その……平民に変装と言ったらそうかなと思って！」

「ああ。なるほど」

ジェレミー殿下も深く考えて質問したのではなかったのだろう。あっさり受け入れてくれた。

「その時からカミラのことが好きで、カミラを観察すればするほど好きになって、カミラの物に囲まれると幸せで」

「……そうですか」

完全に危ない人の思考だと思うが、相手は私ではないので軽く返す。

「……カミラ様、本当にいいんですか？」

今ならまだ間に合うのではないかと思い訊ねる。

カミラは長年ジェレミー殿下の相手として見られてきたので、表立って彼女にアプローチをかける人間はいなかったが、もしカミラがジェレミー殿下の婚約者を辞退したら、大勢の独身男性がカミラに求婚することだろう。

彼女はこの国の公爵令嬢だし、見目麗しい若い女性だ。身体も健康そのもの。そして知性と品性を兼ね揃えた才色兼備。まさに高嶺《たかね》の花。

そんな彼女がフリーになったとなれば、我先にと申し込みが殺到することは必死。

王家から命じられても断る余地がある程度には、彼女の家には権力がある。つまり嫌なら嫌で断っても彼女はあまり困らないのだ。

わざわざストーカーを選ばなくても、と思って訊ねると、カミラはポッと頬を赤らめた。

……赤らめた？

「……引きはしたのですが……」

カミラはモジモジと手を擦り合わせた。

「それだけわたくしを思ってくれていると思うと嬉しく思って……愛されてるな、と……」

照れた様子でそう言うカミラに、ジェレミー殿下が感激した様子で「カミラ！」と彼女の名を呼ぶと、彼女がモジモジ動かしていた手を握った。

「君が俺の愛を受け入れてくれて嬉しいよ」

「わたくしこそ、こんなに愛していただけて嬉しいです」

両想いになり、二人の世界を展開するカミラとジェレミー殿下を見て、破《わ》れ鍋に綴《と》じ蓋だと思った。

「え？　あれを見たのか？　ドン引きだよな」

家に遊びに来たニックが筋トレをしながら言った。人の家に来てまで筋トレをするってどういうこと？

「あれを集めるために使わされる人間が可哀想ですよね」

サディアスがルビーを抱きしめながら言った。

「……もしかして、ジェレミー殿下のアレはみんな知ってたの……？」

私が知らなかっただけで有名な話？

「いいや、俺たちはジェレミー殿下の側近になるから知ってただけだ」

「私たち以外に知らないはずです」

私が情報に疎かったわけじゃなくてホッとした。

「……俺も知ってはいた」

「え!?」

ルイスの発言にビックリした。だってルイスはジェレミー殿下の側近ではない。

「ジェレミー殿下の中で一応友人枠に入れてもらっていたようでな……前に王宮でのパーティーで酔ったジェレミー殿下に『俺の宝物を見せてあげるよ！』と言われて見せられた」

そういえばたまにルイスはジェレミー殿下について、何か知っているような反応をしていた。

そうか……あれをすでに見ていたのか……。

「さっさとカミラ嬢と結婚しろと思っていたし気味悪いと思っていたし想いをこじらせて面倒くさい人だと思っていたし……特に今回の件ではどう考えてもカミラ嬢としか結婚する気がないのだからさっさと白状して父親を説き伏せろと思っていたな」

本当に……もっと早く白状してほしかった。ジェレミー殿下はカミラも同じぐらい愛してほしいと言っていたけど、中々そのレベルになるのは難しいと思う。カミラは受け入れてはいたけど引いてもいたし。……あれを受け入れただけカミラの情は厚いと思う。

まあ、私たちにはわからない愛の形があるのだろう。

「あ、そうだ。私ちょっと今度学校に行ってこようと思うんだけど」

「学校に？」

なぜだと言いたそうなルイスにわけを話す。

「定期的に気になるところがないか確認してほしいって言われてるのよ。だから抜き打ちでたまーに学校に行くの。今回本当はもう少し前に訪問する予定だったけど、私が寝込んじゃったから……」

行くタイミングを逃したので、そろそろ行っておかないと。

「なら俺たちも行く」

「そうですね。私も付き添いましょう」

ニックとサディアスが私に同行の意志を示した。

「俺たちも教材を提供しているからな。たまに講師としても行くけど、抜き打ちで行くのもいいよな」

「私も自分の教材が適切に使われているか確認したいので」

確かに二人がいたほうが確認がスムーズだろう。

こうして私とニックとサディアス、そして当然のように付いてくるルイスと、学校に行くことになった。

✦✧✦ ✦✧✦

久々の学校は、生徒で溢《あふ》れ、活気があった。

「校庭の遊具も使ってもらえてるみたい」

子どもたちがキャッキャしている様子はとても可愛い。

校庭を見学してから校舎内の見学をする。教室の見学もして、指導内容に問題がなさそうなのもチェックする。うまく指導できているようだと安心したその時――。

「あれ？」

「アリス⁉」

見覚えのあるピンクの髪が視界に入った。

「あ、フィオナ様⁉」

机に向かって座っていたアリスがこちらを振り返った。椅子から立ち上がり、私たちのほうへ嬉しそうに走ってくる。

「どうしたんですか？」

「いえ、学校がうまくいっているか確認に……」

「ああ！　そういえば、フィオナ様が学校作ること提案されたんですっけ？」

アリスは私を見て瞳を輝かせた。

「すごいですよねえ。私なんて同じ転生者なのにそんなこと思い浮かばなか――」

「アリス！」

アリス、転生者は禁句！　頭のおかしい人だと思われるから！

転生者というワードは出てしまったが、途中で遮ったからか、みんな彼女の言葉を気にした様子はなかった。

私はそっと胸を撫《な》で下ろすと、遮ったついでに聞きたかったことを聞く。

「アリスはどうしてここに？」

貴族は家庭教師を雇うのが一般的だ。だからこの学校に通っているのは平民。貴族もゼロではないが、通っているのは家庭教師を雇うのも厳しい経済状況の人たちだ。

アリスの家は、貧しくはない。ハントン家には当然及ばないが、貴族としては並といった程度の経済状況のはずだ。だから、本来この学校に通う対象ではない。

「家庭教師に匙《さじ》を投げられてしまいまして！」

私の疑問にアリスはあはは、と笑って答えた。

アリス……気難しい貴族のご令息ご令嬢に勉強を教えて耐え性のある家庭教師に匙を投げられるって相当よ……。

「私、勉強向いてないんですよー！　それより冒険するほうが楽しくて」

「まさかまだドラゴン探ししてるの？」

「当たり前じゃないですか！　ドラゴン見つけるまで諦めないですよ、私は！」

私はゲームのちょっとしたグラフィックでしか見たことがないアリスの父親に同情した。

「でもこの学校に通えることになってよかったです。懐かしいですし、何より」

アリスが拳を握りしめた。

「剣術が学べます……！」

アリスの生き生きとした表情に、それが目的で通っているんだなと思った。

「やはり、強さ。強さこそ正義」

なんというヒロインらしからぬセリフ。

「そうだよな！　強さこそ正義！」

そしてここには同じような思考の人間がもう一人いた。ニックだ。

「わかってくれますか⁉」

「ああ、わかるとも！　見てくれ！」

ニックがバッと上半身の服を脱いだ。ニックはどうしてすぐに脱ぐんだろう。そして脱ぐのが早業すぎて一瞬で裸になってるのも謎。

ニックはご自慢の筋肉をムキッとさらけ出す。

「フィオナ嬢の助言でここまで素晴らしい筋肉を俺は手に入れたんだ」

「まあ！」

アリスがまっすぐな眼差《まなざ》しでニックの筋肉を見る。

「素晴らしいです！　それだけムキムキなら剣を振り回せるでしょうね」

「ああ！　筋肉も剣を振ることの阻害にならないよう計算して鍛えているんだ。なぜなら俺は騎士だからな！」

「騎士様!?」

アリスが騎士と聞いてニックに憧れの眼差しを向けた。

「騎士といったら自分の身を顧みず人々を守る、あの騎士様ですか!?」

「そうだ！　あの騎士様だ！」

「重い剣ももののともせず、どんな怪物も退治するあの騎士様ですか!?」

「そうだ！　あの騎士様だ！」

「すごい！　フィオナ様！」

「え、はい」

ニックを見ていたアリスが急にこちらを向いて私は驚いてしまった。

アリスはぎゅっと私の手を握ると、真剣な眼差しで言った。

「私にもご指導お願いします！」

「え？」

「ドラゴンを倒せるほどの強さが欲しいです！」

「どれだけドラゴン倒したいの⁉　というかドラゴンは倒したいの⁉　仲良くなりたいの⁉」

前に手紙でドラゴンの卵探してなかった⁉　友達になりたいんじゃないの⁉

「どっちもです！　悪いドラゴンがいたらボコって英雄になりたいし、良いドラゴンがいたら仲良くなりたいです！」

欲張り！

「……筋肉についてならアドバイスできるかもしれないけど……強くなるにはどんな感じにしたらいいかとかは、おそらくニックのほうが詳しいと思うの。騎士だし。女騎士の鍛え方も知ってるんじゃないかしら？　ね、ニック」

「そうだな！　女騎士は男騎士と違って、素早さや小回りの利く動きが重要だとされているから、そちらを鍛えたほうが強くなれると思うぞ」

さすがニック。ただの筋肉バカなのかなと思っていたけれど、そうではなかったらしい。

ニックの説明に、アリスは衝撃を受けていた。

「そうなんですね⁉　知らなかった！」

「男と同じように鍛えても、どうしても同じように筋肉がつかないし、持ち前の身軽さがなくなってしまうおそれがある」

「今までとにかく筋肉をつけようとしていました！　それだけじゃダメなんですね！　とはいっても、どうやったらいいんでしょう？」

チラリ、と私を見てきても、その辺は専門分野外だから、私にはわからない。

そっち分野の専門家であるニックが胸を叩いた。

「なんだったら俺が特別に指導してあげよう！」

「いいんですか⁉」

「もちろん。同じ強さを求める者として当然だ」

そうなの？

アリスが感激した様子でニックの手をガシッと握った。

「ありがとうございます！　えーっと」

「ニックだ」

「ニックさん！　ともに最強を目指しましょう！」

「ああ！　ともに自分に合った肉体を手に入れよう！」

脳筋が増えてしまった……。

アリス、筋肉モリモリになったりしないよね？　素早さ重視とかそういうこと言ってたから大丈夫だよね？　個人の自由ではあるけど、可愛らしい容姿の女の子がいきなり筋肉モリモリになるのは心構えが必要だからその場合事前に教えてほしい。サプライズで「筋肉モリモリになりました！」とか言って登場してきそうで怖い。

おそらく今アリスとニックの出会いシーンだけど、感動も何もない。もはやアリスにヒロインらしい出会いを期待しなくなった私がいる。これ乙女ゲームじゃなくて育成ゲームだったのかな。ヒロインが恋じゃなくて強さ求めてるんだけど。

そしてもう一人の攻略対象であるサディアスとも初めての対面だと思うんだけど、トキメキとは程遠い、遠い目をして二人を見ていた。

「まさかニックと同レベルの人間がいるとは……まだまだこの世には私の知らないことばかりです……」

とてもヒロインに対してのコメントとは思えないことを言ってる……。

「アリスにときめいたりとかは……」

「え……ちょっと私にも好みがあるので……」

「そ、そう……」

そうよね……見た目の可愛さだけで誤魔化せないものもあるものね……。

そもそも、サディアスの場合、ヒロインの見た目ではなく、中身に惚れるキャラだ。今のアリスはゲームのアリスと正反対すぎて彼の好みではないのだろう。

今まで成り行きを見ていただけで口を閉ざしていたルイスが、不意に口を開いた。

「そういえば、フィオナが寝込んでいる間、何度かアリス嬢が見舞いに来たな」

「え？　そうだったの？」

「そうですよ！　私何度も行きました！」

ニックとの話に夢中になってこちらの会話を聞いていないと思っていたアリスがパッとルイスを見た。

「いつもその人に門前払いされてました！　酷いです！」

アリスがプリプリと可愛らしく頬を膨らませて怒る。こういうところはヒロインらしさを感じる。

「フィオナは絶対安静が必要だったんだ」

「だから元気づけようと見舞いに行ったんじゃないですか！」

アリスの主張にルイスが首を横に振った。

「君はやかましい」

「フィオナ様、この人結構失礼ですよ！」

「そ、そうね……」

だがルイスの言うことは的を射ている。アリスはちょっと元気がありすぎて、見舞いに来てもこちらの体力が消耗されそうだ。

そもそも、私、本当に意識がなくて寝ていたようなものだったし……。

「アリス嬢だけでなく、面会はみんな断っていたんだ」

「でも……私、フィオナ様の回復を祈りたかったです」

「それは教会で祈ればいいだろう」

「本人を目の前にして祈りたいじゃないですか」

「悪いが、今後こういうことがあっても、誰も屋敷には入れない」

「そんなぁ！」

アリスがその場で泣き崩れた。

「ルイス、面会を断るなんて……それはお父様のすることでは？」

「俺は婚約者だから、フィオナが健康で安心して暮らせるようにする義務がある」

結婚前にそんな義務あった？

「フィオナ様！　こんな過保護な人と結婚するのやめたほうがいいですよ！　きっと家から出してもらえなくなりますよ！」

「まさかあ」

そんなことはないだろうと、笑いながらルイスを見ると、ルイスは意味ありげに笑みを浮かべるだけだった。

……え？　家から出してくれるよね、ルイス？　ずっと家に閉じ込められたりしないよね、ルイス？　私は病弱だけど気をつけたら外に出ても大丈夫……なはず……うん、大丈夫なはずよ、ルイス！

「ほら、見てくださいよ、この笑み！　絶対外に出さないですって！」

「フィオナが体調を崩さないように管理する必要があるからな」

「ほらぁ！　ほらぁ！　聞きました？　言外に家にいてもらうって言ってますよ！」

そ、そうね……。

「外には危険がいっぱいだ。また誰にワインをかけられるとも限らない」

やっぱりカミラに飲み物をかけられて寝込んだのがトラウマになってるのね……。

目覚めた時のルイスの憔悴《しょうすい》ぶりを思い出す。アンネに聞いたら付きっきりで看病してくれたらしいし、本当に心配してくれたのよね。

でも外には出たいです……。

「フィオナ嬢」

サディアスが私の肩をポンと叩いた。ちょっと頬が赤い。

「私は妻を束縛しません。自由に外出してもいいし、好きに仕事をしても大丈夫です。あ、でも夕食ぐらい毎日一緒に食べられたら嬉しいです」

「うん……？」

なんの話？

私にはよくわからなかったが、ルイスには通じたらしい。ルイスは私とサディアスの間に入ってサディアスを睨みつけた。

「自由にしていいって？　お前はフィオナの身体の弱さを知らないからそんなことが言えるんだ」

「そんなことはありません。この間の寝込んだ件でよくわかりました。……ところで、あの時私も見舞いに行ったのですが」

「通すわけがないだろう。エリックに教えてもらったんだ。人間は菌やウイルスが感染していることがあって、それがさらに別の人間に感染して病にすることもあると。俺はフィオナの安全を確保しただけだ」

「私は体調を崩していなかったし、きちんとマスクをしていました」

「身体中に不快な菌が付いているだろう。お邪魔虫菌という菌が」

「お邪魔をするほど仲良しではないくせに。パーティーでいつもフィオナ嬢を放置していた男が」

「昔のことばかり掘り返そうとするところが肝っ玉が小さい。今の俺とフィオナにはお前の入り込む隙間はない」

「ならお邪魔虫菌など気にしないで堂々としていたらどうです？」

「不穏分子は小さいものでも排除する主義なんだ」

私を置き去りにして何やらやり合っている。この二人、本当は仲がいいんじゃない？

そう思うけど、このまま言い争いをさせていても埒《らち》が明かないし、そばで「見よ！　この筋肉！」「わあー！　すごい上腕二頭筋！」とかはしゃいでる光景にも疲れてしまった。

「えーっと、チェックもできたし、そろそろ帰ろうか」

私の言葉に、みんなが振り返り頷く。

「そうですね、私も今日はもう授業がないので帰ります」

「俺も筋トレをしに帰らないと」

「私はもう少しフィオナ嬢の家でルビーに触れたいんですが」

「帰れ」

「わかりましたよ……」

サディアスだけがまだ帰りたくなさそうだったが、ルイスの一言に仕方なさそうに帰り支度をし、みんな学校前で馬車に乗り換えるとそのまま解散した。

私はルイスと同じ馬車に乗る。

「あの、ルイス」

「どうした？　体調が悪いのか？」

「いや、今日はちょっと疲れた程度でそこまででは……いや、改めてお礼を言おうと思って……」

「お礼？」

「アンネから寝込んでいた時のこと、詳しく聞いたの」

寝込んでいた間、本当にルイスは私の看病を懸命にしてくれたらしい。寝る間も惜しんで看病し、その間家に帰らず仕事も私のそばでしていたというから驚きだ。

ルイスの看病のおかげで回復も早かった。話を聞いて改めてルイスに感謝していると、アンネが「私も看病しました」と張り合ってきたので、アンネにも感謝を伝えた。もちろんアンネが私の看病に手を抜くとは思っていないので、この身体が無事に動いているのは、ルイスとアンネの二人のおかげだ。

「当然のことだ。大切な愛《いと》しい婚約者のためだからな」

ルイスが迷いなく言う言葉に、私は「うっ」と声を出してしまった。

最近のルイス、さらっとすごい言葉を言ってくる！　愛しいって言った？　え？　今愛しいって言った？

いや、この愛しいがヒロインに向けての時と同じような愛しいかはわからない。だって愛しいにも色々ある。私もルビーのことを愛しいと思ってるもの。そういう愛しいかもしれない！

おばあ様を助けたあと、私のことをルイスが選んだとか、聞いたら甘いセリフとしか思えないことは言われたけど、もしかしたら私が考えてることと違う意味かもしれないし！

「い、愛しいとか簡単に言っちゃダメよ……」

「なんでだ？　愛しい婚約者に愛しいと言わないでいつ誰に言えと？」

し、心臓が痛い……！

この弱い身体でこんなに心臓を高鳴らせて、何かあったらどうするの！

ルイスの言動にドギマギしていると、ちょうど、家に馬車が到着した。これ幸いと私はルイスの手を借りて馬車から降りながら話を続けた。

「その、感謝してるの。でも私、見ての通り、もう体調はよくなったの」

「いや、フィオナは一瞬で体調を崩す。油断も隙もない」

「そ……れはそうかもしれないけど」

否定できない。飲み物を頭から被っただけであの事態になっていたのだから。

「でももう本当に大丈夫なの。家族もいるし、アンネもいるし」

だから。

「――だから、そろそろ家に帰って大丈夫よ」

そう、ルイスは私が寝込んでから、回復した今もこの家に滞在している。

「滞在費は渡しているが？」

何がダメかわかっていないルイスが首を傾げる。

「ええ、滞在費はありがとう……むしろ、ちょっと多いから減らしてくれてもいいわよ」

滞在費という名目に合わない金額に、家族が戸惑いを隠せていない。「これ最後に返金しようか？」「でもそれはそれで失礼じゃないか？」「じゃあ滞在期間中豪華に過ごしてもらう？」という相談が為《な》されて、ルイスが家にいる間、食事も豪華だし、家の装飾も豪華になった。この間は、誕生日でもなんでもないけど、オーケストラを呼んだ。派手な日常すぎて落ち着かない。

「俺の気持ちだから気にしないでくれ」

気にしないとはとても言えない金額なのよルイス。お金持ちなのは知ってるけど、感覚バグってる？

「そうね。それと」

「それと？」

「私のこと、すぐお姫様抱っこするのもやめてほしいの……」

馬車から降りてすぐにお姫様抱っこされてしまった。楽だ。すぐ疲れるこの身体からしたらとても楽だけど、これに甘んじてしまってはいけないと思う。

「エリックも言っていたでしょう？　多少身体を動かさないとどんどん弱くなっていくって」

ルイスがしょぼんと肩を落とした。残念さを隠せないまま、渋々私を下ろす。私は自分で踏みしめる地面にホッとした。

ルイスはそのまま私の後ろを付いてくる。ダメだ、これは帰ろうとしていない。

「ルイス、仕事も進まないでしょう？」

「必要なものは家から全部持ってきているから大丈夫だ」

「……本当にずっとここに住む気？」

ルイスははっきり頷いた。

「ああ。だってフィオナは一瞬で死にかける。常にそばにいて守らないと」

「……」

一瞬で死なないとは言いきれないのが、私の身体の困ったところだ。

ルイスは私の部屋の隣の扉に手をかける。

「フィオナが死ぬまでずっとそばにいる。──いや」

ルイスは一度扉に掛けていた手を離すと、私のそばに歩み寄った。

手で軽く私の前髪を払う。

「死んでもかな」

そして――私の額に口付けた。

一瞬時が止まったのではないかと錯覚してしまう。ドキドキと鳴る心臓の音がうるさい。

ルイスは固まってしまった私に、ふっと笑うと、今度は手に取った髪に口付けし、「また後で」と言って部屋に入っていった。

「な、何あれ……」

私はルイスに口付けされた額を押さえる。

今のは帰らないことを誤魔化すためにやったのよ。きっとそう。

「ほう、中々やりますね」

「きゃあ！」

背後からアンネがニュッと現れて私は大声を出してしまった。

「あ、アンネ？」

「はい、お嬢様のアンネです」

「あの、いつから……」

「お嬢様が帰ってきた時から後ろにおりました」

初めから⁉

「イチャイチャしている二人の間に入れず見守っておりました。結婚後も仲良くできそうでアンネは安心しております」

「アンネ……」

「ちなみにご家族皆様見ておいでです」

そっとアンネが指さしたほうを見ると、物陰に隠れていた兄や両親、さらにエリックがビクリ、と反応した。

「アンネ、教えるなよ」

「申し訳ございません。私はお嬢様に隠しごとはしない主義です」

兄たちが渋々と物陰から出てくる。

「いや……フィオナが心配で」

父が言った。

「ちょっと二人の関係がどこまで進んでるか知りたくて」

母が言った。

「フィ、フィオナが……もう嫁に行ってしまう」

なぜか兄は泣き出した。

「僕は診察に来ただけだから、早く部屋に入ってくれる？」

エリックだけはきちんと目的があった。

私は大きくため息を吐いた。

「娘相手で遊ばないでください」

「違うぞ！　本当に心配して……！」

「そうだぞ！　ルイスくんと仲がいいか気になって……！」

「フィオナ、もう少し家にいてくれる？」

兄だけ反応が他と違うが、スルーしよう。

「とにかく、余計なことしないで！　覗《のぞ》きも禁止！」

「「はい……」」

みんな肩を落として各々部屋に帰って行った。

私はエリックとアンネを部屋に招き入れる。

「……まあ、仲が悪いより良いほうがいいよ」

「エリック！」

エリックまでからかおうとするなんて！

「いや、大切なことだよ。フィオナ嬢は身体が弱いからね。ただでさえ他の人より手間がかかる身体なんだ。そんな身体に寄り添ってくれる相手は貴重だよ」

エリックの殊の外真剣な言葉に、私は口を開けなかった。

エリックの言う通りだ。こんな面倒も金もかかる人間、普通の人なら嫌がるだろう。しかし、ルイスは私の身体が弱いことを知ってから、それについて面倒そうにしたことはない。ずっと気遣ってくれていた。

「そう……ね……」

そう、それはとてつもなくありがたいことで、私も感謝している。

だけど……。

「でもちょっと過保護がすぎるのよ！」

私は自分の部屋とルイスの部屋を隔てる壁を叩いた。すぐにコン、と反応が返ってきた。この反応の速さ、壁のすぐそばにいた証拠だ。

聞き耳立ててる！

「部屋での会話なんて聞いても楽しくないでしょう？」

大したことなど話さない。誰が聞いてもつまらない日常会話だ。

壁の向こうからボソボソ声が聞こえてきた。何？「た、の、し、い？」

そんなわけないでしょう！

「ね⁉　行きすぎてると思わない⁉」

ルイスの肩を持ったエリックに聞くと、エリックはわかりやすく私から目を逸らした。

「愛ゆえだろう」

「愛⁉　愛の上ならなんでもありなの⁉」

エリックは顔を背けたままだ。

「お嬢様、私はお嬢様の愛を得るためなら何でもしますよ」

「アンネ、話がややこしくなるから！」

なんか壁の向こうもドンドン叩いてくるし。まさか自分もだとでも言ってるの？　というか、会話に参加するならもうこの部屋に来たらいいんじゃない？

「あ、そうだ。お嬢様、これを」

アンネからカードを差し出された。

「何これ？」

「先程、黒髪のご令嬢が来て、これを置いていかれました」

「黒髪のご令嬢？」

そんな知り合いいいたかな。

私はカードの内容に目を通した。そしてようやく黒髪のご令嬢が誰だかわかった。

「カミラ嬢の友人ね」

カードにはお茶会の日にちが記載されていた。参加者にカミラの名が書いてある。あの黒髪と金髪と茶髪のカミラの取り巻きたちが頭に浮かぶ。……いや、顔は正直薄ぼんやりだ。これぞ脇役！　というセリフしか言ってくれなかったから印象に残らなかったのだ。

とにかく、その中の一人である黒髪の子が来て置いていったことは間違いないだろう。

カミラの意図を私は理解した。つまり、これは前のように私を糾弾するための会ではなく、おそらく仲を深めましょうとするか、改めて謝罪をするための会なのだろう。

「アンネ、便箋とペンを出して」

「はい、こちらに」

察しのいいアンネが、スッと便箋とペンを差し出してきた。

「返事を出さなくちゃね」

私はペンを走らせた。

✦✧✦ ✦✧✦

「本日はお越しいただき、ありがとうございます」

カミラが美しいカーテシーをして出迎えてくれた。さすが洗練された所作。未来の王太子妃は違う。

「お招きいただきありがとうございます」

私もカーテシーを返す。

今日はカミラ主催のお茶会の日だ。あの時はカミラも私に対して冷たかったが、今は優しく接してくれている。

席に向かうと、すでに他の三人は集まっていた。三人は私を見ると、バッと席を立ち上がり、頭を下げた。

「「「申し訳ありませんでした！」」」

「あ……え？」

突然の謝罪に困惑すると、カミラが状況を説明してくれた。

「三人とも、フィオナ様に謝罪がしたいと仰って、今回のお茶会を開いたのです」

なるほど。おそらくカミラが私のことは誤解だったと三人に伝えたのだろう。そして、その時の話の流れから、カミラに対して負の感情を抱いていないこともきっと察したのだ。

そうなれば、カミラと友人になるかもしれない、次期公爵夫人である私に嫌われるのは避けたい、というところだろうか。

「私たち、カミラ様の敵だと思ってしまって……」

「私たちにとって、カミラ様はとても大切な存在だから、カミラ様を悲しませるフィオナ様が許せなくて……」

「とても失礼なことを言ってしまったことはわかります。フィオナ様の事情も知らずに……本当に申し訳ありませんでした」

「申し訳ありませんでした」

一人の謝罪に、他の二人も頭を下げる。

プルプル震えている子たちに、酷いことをしようという気にはなれない。

それに、彼女たちのことはカードをもらうまでは忘れていたほどで、私は彼女たちの行動にそこまで傷付いてはいなかった。

「頭を上げてください」

彼女たちは泣きそうな顔をこちらに見せた。その様子から深い後悔が窺《うかが》える。彼女たちはカミラを守りたかっただけだ。

「気にしていません。だから、あなたたちも気にしないでください」

「でも……」

「それだけカミラ様が大切だったのでしょう。カミラ様を思っての言葉でしょうから、私は恨んでいませんよ」

本心からの言葉に、三人はジーンと感極まった様子で先程とは違う理由で涙ぐんでいた。

「フィオナ様、なんとお優しい……」

「こんな方に暴言を吐いた自分が恥ずかしい……」

「これからは何があってもフィオナ様の味方ですから！」

三人は前とは違い、キラキラした瞳で私を見る。まるでカミラに向けるような視線に、私はたじろいでしまった。その様子を見ていたカミラがパンパンと手を打ち鳴らした。

「ほら、皆さん。席に着きましょう。身体の弱いフィオナ様を立たせたままではいけません」

「あ、そうですね！　ごめんなさい！」

カミラに促されながら、みんな着席した。

席に着くと、カミラが申し訳なさそうに眉を下げる。

「この間はごめんなさい。きちんとした謝罪もできず……」

「いえ、もう謝罪はいただきました」

正直カミラの謝罪より、ジェレミー殿下の秘密のインパクトが強すぎて、謝罪どころではなかった。

ここにいる人は知っているのか？　とカミラに目配せすると、口の前で人差し指を立てられた。ジェレミー殿下の趣味は、この三人にも秘密らしい。絶対に秘密にしたほうがいいと私も思うので、カミラに頷いて口にしない意志を伝えると、カミラはホッとした様子で息を吐いた。

「ところで、中に入ってくるまでに一悶着《ひともんちゃく》あった様子でしたが……」

「あ、ああ……いえ……」

その場にカミラはいなかったのに伝わっているとは。この家の使用人は報連相がちゃんとしているな、と思いながら口を開いた。

「その……ルイスが自分も参加すると聞かなくて……」

一瞬この空間の時が止まった。

「この会に、参加、ですか……？」

カミラが戸惑っている。わかる。私も同じく戸惑ったから。

「今日は女性だけのお茶会だと説明したのですが……なかなか聞く耳を持ってくれず……」

「それは……まあ……なぜ、ルイス様は参加したかったのでしょう？」

「それは……その……」

私は言いにくかったが答えた。

「私が心配だと……」

「え？」

「またいつ倒れるかわからないので、中まで一緒に行くと聞かなくて……」

カミラが申し訳なさそうな顔をする。

「それは……わたくしのせいですわね……ごめんなさい……」

「いえ！　違うんです違うんです！」

実際は合っているが、私は必死に否定した。ルイスが過保護になったきっかけはカミラであったが、その前兆のようなものは、前からあったのだ。

「あれだけが原因ではないので」

「でも申し訳ないですわ。……そうだわ！」

カミラが閃いた！　という様子でメイドに指示を出すと、すぐにメイドは何かをお盆に載せて戻ってきた。そしてそれを私に差し出す。

「これは？」

「今人気の劇団の試演会チケットです。新作の演目のものなのですが、フィオナ様に差し上げます」

「え⁉　そんな貴重なものを⁉」

この世界には娯楽が多くはない。その中で大人気の娯楽は観劇だ。当然試演会の抽選などの倍率は高く、手に入れるのは苦労するはず。

「いいんですか？」

「ええ。ぜひもらってください」

「ありがとうございます！」

カミラの同意を得て、私はチケットを受け取った。

観劇なら席に座っていられるから、私も助かる。

「ぜひ楽しいデートにしてくださいね」

「……え？　デート？」

「それ、二名分なんです」

言われてチケットを確認すると、確かにそこには『二名』と明記があった。

「ぜひルイス様と行ってきてください」

「え、でも……」

ルイス過保護になっちゃうから……。別にルイスとでなくても、アリスと行っても……見るかな？　アリス。劇が演じられている間、じっとしていられるかな……。

「私はジェレミー殿下と結ばれました。今とっても幸せで……」

カミラは曇りなき眼《まなこ》で言った。

「ぜひフィオナ様にも幸せになっていただきたくて」

そう言うカミラは、今までのキリッとしたご令嬢ではなく、幸福を享受する乙女だった。

カミラは純粋に私の幸せを願ってくれているのだろう。カミラにとって恋した相手と両想いになるのはこの上ない幸せなのだ。

その厚意を無下にはできない。

「ありがとうございます。ルイスと行かせていただきます」

「まだ両想いになっていない二人にピッタリの演目ですのよ」

「……そうなんですね」

ルイスと恋愛ものを見るのか。大丈夫かな、気まずくならないかな。前ルイスと一緒に見に行ったことがあるけど、あの時のものも恋愛ものではあったけど、相手にドキドキするより、感動のほうが上回った。ルイスの脚本がよかったのだ。

まさかこれもルイスが書いていないわよね？

確認すると、ルイスの経営する所とは違う劇場だった。よかった、今回は私とルイスがキャラクターとして使われていることはなさそう。

「楽しみです」

私はチケットを手にして微笑んだ。

「フィオナ、大丈夫か？」

お茶会が終わり、カミラの家から出ると、ルイスがサッと私に近寄った。

私は「本当にいる……」と言いたげなカミラの取り巻き三人組に笑顔で手を振った。三人も心得ているようで、余計なことは言わずに手を振ってその場を去ってくれた。さすがカミラのそばに侍っているだけある。空気が読める人たちだ。

「気疲れしていないか？　今日はボルフィレ家の庭でのお茶会だったから冷えたのでは？　甘いもので気分は悪くないか？」

ルイスが私の周りをグルグルして大丈夫か確認してくる。

「大丈夫よ。カミラ様がいるんだから、気遣ってくれるお茶会で楽しかったわ」

「本当か？　カミラ嬢に気を使っていないか？　とにかく馬車に乗ろう。ここに立っていたらそれこそ冷えてしまう」

私はどこまで冷えやすいと思われているのだろうか。確かに冷え性だし、すぐ風邪ひくし体調崩すけど。

ルイスにエスコートされて馬車に乗り込む。ルイスは私にひざ掛けをかけたり、「ちょっと冷たい」と手の温度を確認して揉んでくれている。私は揉まれているのとは逆の手でしまったチケットを取り出し、ルイスに差し出した。

「これ」

「これは？」

ルイスがチケットを手に取る。

「観劇の試演会チケットだって。カミラ様がくれたの」

「二名……」

ルイスが早速チケットに書いてあった『二名』の文字に気付いた。

「一緒に行こう」

私が誘うと、ルイスが固まってチケットを床に落とした。

「フィ、フィオナが俺を誘ってくれた……？」

何をそんなに驚いているのか。そう思いながら落ちたチケットを拾ってルイスを見ると、ルイスは驚いていたのではなかった。感動していた。

口元を押さえてニヤけそうになる顔を隠そうとしている。

「フィオナが俺を誘ってくれた……もしかしてフィオナも……？　いや、それは早合点だ。でもこれはデートに誘ってくれたということで」

ブツブツ何かを呟いている。

何がそんなに嬉しかったのかわからないが、一応伝える。

「カミラ様がルイスと行ってほしいって」

「……ああ、なるほど。カミラ嬢のお願いか」

ルイスは理解したのか、少し落ち着いた。

「というわけで行ってくれる？」

「もちろんだ。当日はフィオナが無理しないように万全の対策をして向かおう」

それが不安なのよ……。

しかし、嬉しそうなルイスにあまり野暮なことを言うのもな、と思い、私は言葉を呑み込んだ。

✦✧✦　✦✧✦

「フィオナ、冷えないか？　むしろ暑いか？　飲み物はフィオナの好きなオレンジジュースでよかったか？　もし座っているのが辛くなったらすぐに言うんだぞ」

言葉を呑み込むんじゃなかった。

私の危惧していた通り、ルイスは観劇当日過保護を発揮した。

服はこの間ルイスが作ってくれた楽な服装で。ドレスより快適なそれを着て出かけようとしたら、朝にもう確認したのに、出かける直前にもエリックに診察をさせた。そしてエリックからお墨付きをもらうと、馬車までお姫様抱っこ。そして劇場に着いたら席までお姫様抱っこ。

当然周りの客にジロジロ見られたし、恥ずかしかった。

今いるのは俗に言うカップルシートで周りから見えないようになっているからまだいいけど、もし普通の席だったら恥ずかしくて観劇どころではなかっただろう。

「ルイス、大丈夫だから落ち着いて」

「大丈夫だ。どんなことがあっても落ち着いているから」

そういうことじゃない。

私はせっせと私の世話を焼こうとしているルイスの手を掴えて、私の隣の席に座らせた。

「もう始まるから」

そう言った時、ちょうど舞台の幕が開いた。

私はルイスから視線を舞台に向けた。

ルイスがじっと私を見ていることに気付かずに。

✦✧✦ ✦✧✦

「面白かった！」

私は興奮していた。

内容はたぶんカミラとジェレミー殿下の出会いと両想いになるまでの話なんだろうなと思ったけど面白かった！

ゲームとすでにストーリーが違うから、ジェレミー殿下がどうやってカミラを好きになったのか詳細は知らなかったけど、ああいう流れがあったとは。あれは好きになっちゃうね。わかるよ、ジェレミー殿下。

「ああ、ジェレミー殿下の変態さも隠れていたから安心して見られたな」

「そうね」

ジェレミー殿下の趣味はさすがに出てこなかった。当たり前だ。あれが出てしまったらみんな感動どころではなく鳥肌ものだ。

「フィオナ、長い時間見ていたが大丈夫か？　いっそどこかに宿を取って仮眠でもするか？」

ルイスは観劇が終わったあとも絶好調だ。

「宿はいい。私ちょっと御手洗に……」

「俺も行く」

「行けるわけないでしょう⁉」

心配性も程々にしないと困るわよ!?

「でももしトイレで倒れたら……」

「誰かが助けてくれるわよ。一晩中誰も来ないような所ではないし」

そう言うと、ルイスは渋々納得してくれた。よかった、もしトイレまで付いて来られたら、ルイスが変態になってしまうし、純粋に嫌だ。

「はあ〜〜〜疲れる」

トイレに備え付けられている手洗い場の鏡の前で私は深いため息を吐いた。

ルイスに悪気はない。善意からなのはわかってる。だけどちょっと……ちょっと心配しすぎだ。

確かに私は身体が弱いしいつ倒れるかわからないような人間だが、今まで何とかやってこられたし、昔よりは食べ物や運動もして改善しているのだ。そこまで心配されなくても大丈夫なのである。

ルイスの心配の仕方は過剰で、今すぐに死んでしまいそうな人を前にしているような反応に思える。私はまだまだ死ぬ気はないし、これから健康になる予定なのだ。

ルイス……もう少しなんとかならないかなぁ。結婚後もこれだったら……。

私は想像して背筋が冷たくなった。

「やっぱり当初の予定通り、婚約破棄して、それから逃げちゃおうかな……」

ダメかな。ダメだよなぁ。

ルイスが婚約破棄してくれる感じもしないし、ルイスのことは嫌いではないのだ。心配も嬉しくないわけではない。

ただ、ちょっと……面倒臭い。

「婚約期間長くして今のうちに自由を謳歌《おうか》しちゃう……？」

婚約中ならちょっとどこかにひっそりと逃げてもいいんじゃ……？

「……フィオナ様？」

私がそこまで考えたところで、後ろから声を掛けられた。

振り返ると、見覚えのあるご令嬢が立っていた。カミラの取り巻き三人組の一人だ。

茶髪の子……名前なんだっけ……？

「ミリィです。ミリィ・フォッグズ」

相手に失礼にならないように名前を誤魔化して話そうとした時に、向こうから名前を教えてくれた。

「そう、ミリィさんよね！　こんな所で会うなんて奇遇ね！」

名前を知っていましたよ、という体で話しかける。バレてるかな？　傷つけていたらごめんね！　もう名前覚えたから！

必死な私の様子を見てか、ミリィはクスクスと笑った。

「いいんですよ。私、インパクトないですもんね」

「いえ、そんなことは……」

ミリィははっきり言って印象が薄い容姿をしている。いつも一緒にいるのが印象の強いカミラのそばだということもあるだろうが、取り巻き三人の中でも特に目立たない子だった。

よく見る茶髪の髪。ややくせっ毛なボブヘア。顔立ちはよく見たら可愛らしいが、印象に残るかというとそういうわけではない。平均的な普通の子という感じだ。

ミリィは私のフォローにも笑って首を振った。

「いいんです。仕方ないですもの」

「ミリィさん……」


「だって私モブだもの」


「え……？」

聞き間違いか？　今、モブという、この世界では聞かない単語が聞こえた。

驚きを隠せない私に、ミリィは笑みを浮かべる。その笑みが底知れない感じがして、私は後ろに下がろうとしたが、すぐに背後の洗面台にぶつかった。

「いいわよね、あなたは。悪役令嬢なんて、最高のポジションじゃない。それを利用してルイス様と仲良くなるなんてズルいわよ」

先程とは口調も違う。

「同じ転生者なのにどうしてこんなに違うわけ？　片や、侯爵令嬢でお金持ち。顔も美人で婚約者もイケメン。片や、ただの子爵令嬢で、お金持ちでもなければ容姿がいいわけでもない……ズルすぎない？」

「ズル、と言われても」

私はズルなどしていない。ただ、健康になろうと……生き残ろうとしただけだ。

間違いない。この口調に話の内容。ミリィは……。

「あなた、転生者なの？」

「そうよ。やっと気付いた？」

ミリィは私の目の前に立った。

「転生したらただのモブなんだもの。つまらなすぎてビックリした。なのにあなたはストーリーを変えて……ねえ？　どうして？　どうしてあなたと私はこんなに違うの？」

「……私だって大変だったのよ。転生した悪役令嬢が、まさか病弱だったんだもの」

本当に大変だった。食べるものも自由に食べられないし、少し歩くと息切れするし、無理をすると倒れてしまう。

「ハッ！　それぐらいなんだって言うの？　それでもお釣りが来るぐらい恵まれているじゃない！」

ミリィがバンッと私の背後にある鏡を叩いた。パリン、とガラスが割れた音がする。

「あなたには消えてもらうわ」

「……どうして。あなたに迷惑かけてないわ」

「かけてるわよ。だって私、ルイス様が推しなんだもの」

ミリィが顔を赤らめた。

「あなたのポジションを私がもらうの。いい考えでしょ？」

「いい考えって……あのねぇ。仮に私がいなくなったとしても、ルイスがあなたに見向きもしないかもしれないじゃない」

「私は何度もルイス様を攻略してるのよ？　好感度を上げるなんて簡単よ」

「嘘でしょう」

私ははっきり言い切った。

「もし、本当にあなたがルイスを攻略できるなら、もっと前から行動していたはず。――もう行動に移して、見向きもされなかったんじゃない？」

バッサリと話の矛盾を指摘すると、ミリィの顔が歪《ゆが》んだ。

「うるさいわね……」

「ここはゲームとは違うの。だから」

「うるさいうるさいうるさい！」

ミリィがもう聞きたくないとばかりに耳を両手で塞いだ。

「今更何を言っても遅いのよ」

「何言って……」

そこで私の言葉は遮られた。首に大きな衝撃を受けたからだ。

何？

私は立っていられずそのまま倒れ込むかと思ったら、誰かに抱き止められた。それが誰か確認する前に、私の意識は沈んだ。

第六章　意外な誘拐犯

目覚めた時感じたのは首の痛さだった。

「うっ……」

首を押さえて起き上がる。硬い床に寝かされていたようで、身体も痛い。

「どこ？　ここ」

見覚えのない倉庫のような所にいるようだった。

「目が覚めた？」

声にバッと顔を上げると、そこにはミリィが立っていた。

「ミリィ！　こんなことしてタダで済むと思ってるの⁉　あなた、侯爵令嬢を誘拐したのよ⁉　今頃きっと大騒ぎになってるわ！」

「大騒ぎにはなってるでしょうね。でも私は問題ないわ」

「問題ないって……」

「だって誰にも目撃されないようにやったもの。誰も見てなかったら、誰がこんなモブがあんたを誘拐したと思う？　誰も私の仕業なんて気付かないわよ」

どうやら衝動的な行動ではなく、計画的な犯行らしい。

「……私の首を叩いたのは誰？」

ミリィは私と対面していた。つまり、私の首を叩いた相手は別にいる。

「俺だ」

ミリィ以外にも人がいたのか。スッと現れたフードの男に、私は警戒した。

この男が、ミリィの協力者。

「あなたは誰？」

「そう言って答える人間はいないだろう」

正論だ。

「……どうして私を生かしてるの？　私を消すのが目的なら、殺したほうが早いでしょう」

おそらく彼らに私を殺す気はないと判断して聞いた。殺す気なら、気を失っている時にしたはずだ。そのほうが相手に抵抗されないし、スムーズに実行できる。でもしなかったということは、私を生かしておかないといけない理由があるはずだ。

「聡《さと》いわね。そうよ。あなたは殺さない。このままあるところに売るの」

「……どこに？」

ミリィがニヤリと笑った。

「リビエン帝国よ」

リビエン帝国……？

なんだろう、どこかで聞いたような……どこだっけ……。

必死に記憶を手繰り寄せ、ふとエリックの顔が浮かんで思い出した。

エリックの故郷！

「どうしてリビエン帝国に……」

「あの国は転生者を集めている。転生者はこの世界にない知識を持っているから、囲い込んで自分たちのものにしているんだ」

フードの男の説明に、私は思わず口を閉ざした。集めている？　囲い込んで自分たちのものにしている？　とても転生者が望んでいる暮らしだとは思えない。つまり、それは——こうして無理やり攫《さら》っているということだろう。

「酷い……」

「転生者の知識でリビエン帝国は栄えた。なぜか昔から転生者があの国では多く生まれた。……しかし、近年は生まれなくなった。だから、最近はよその国からそれらしい人間を攫っているんだ」

フードの男は一国の恐ろしい闇を淡々と話す。

「……今の話が本当なら、ミリィ、あなたも危ないんじゃないの？」

「心配してくれるの？　お優しいのね」

ミリィが小馬鹿にしたように言った。

「さっき言ったでしょ？　転生者の知識が必要だって……残念ながら、私にはあなたのように前世の重要な知識がないの。だから、あっちからしても、要らないものってわけ」

「私のような重要な知識……？」

「栄養学って言うの？　そういうの」

「……私は本格的に学んだ人間じゃないから、そんな知識たかが知れてるわよ」

ただの趣味だったのだ。栄養士ではないから、知識は偏っているし、知らないことのほうがきっと多い。

「そんなの向こうには関係ない。役立ちそうな知識があったらそれを奪う。それがやつらのやり方だ」

フードの男が言った。

「……あなた、リビエン帝国の人じゃないの？　言葉の節々にリビエン帝国を嫌っている様子が見えるけど、もしそうならどうして私をリビエン帝国に連れていこうとしているの？」

「……少し話しすぎたな」

フードの男は腰に下げていた剣を鞘《さや》から抜いた。

「これ以上の無駄口は不要だ。知識さえあればいいから、五体満足でいる必要はないんだ」

目の前に剣先を向けられ、私は息を呑む。

「――わかった。もう話さない。だからそれしまって」

私の言葉に、男は少し間を置いて、剣を鞘に戻した。私はふう、と息を吐く。

とんでもないことになってしまった。ルイスの心配は行きすぎじゃなかった。

――ルイス、どうしてるかな。

きっと私を心配してくれているだろう。こんなことになって申し訳ない。

でも今頼れるのはルイスだけだ。私が戻らなければルイスが動いてくれるはず。

――ルイス、助けて。

私は目をつぶって祈った。

✦✧✦ ✦✧✦

フィオナがいなくなった。

戻って来ないフィオナを心配して劇場の許可を得てトイレを捜したが、フィオナはいなかった。

「一人でどこかに行かれたのでは」

「そんなはずはない。フィオナは身体が弱くて本人もそれを自覚している。勝手に一人で行動するリスクをわかっている」

だから俺がそばにいない時は、アンネと一緒にいた。一人で倒れた時が大変だからだ。

これは誘拐だと判断した俺は、すぐに王家に協力を依頼した。

「フィオナ様がいなくなったというのは本当ですか⁉」

王城に行くと、もう話を聞いたらしいカミラが取り乱した。

「わ、わたくしがチケットをあげたばかりに……フィオナ様……！」

「落ち着けカミラ」

ジェレミー殿下がカミラを支える。

「兵士たちを総動員して捜させている」

「ああ、助かる」

「必ず見つかる。大丈夫だ」

ジェレミー殿下の励まそうとしてくれる言葉に、俺は静かに頷いた。

「フィオナ嬢はここ最近健康だったから、きっと身体も大丈夫だよ」

「ああ、そうだな」

エリックもこちらを気遣ってくれているのがわかる。それだけ俺は憔悴しているのだろう。

しかし、落ち込んでなどいられない。今この時も、フィオナは不安なはずだ。

フィオナ……必ず見つけるから、無事でいてくれ。

「殿下！　こんなものが！」

兵士の一人が駆け込んできた。手には何かを持っている。

「劇場の近くに落ちていました。犯人が落としたのではないかと」

「これは……国旗？」

見覚えはある。

「待ってろ。今思い出すから」

ジェレミー殿下も見た覚えがあるのか、頭を手で揉んだ。どこだ。どの国のものだ。

「……リビエン帝国だ」

誰も思い出せない中、エリックがポツリと言った。

リビエン帝国……そうだ、リビエン帝国だ。

この世界で一番様々な技術が発達している国だが、他国とあまり交流を持たない謎の国。

「すぐに国外に繋がる道、海路を封鎖！　フィオナ嬢を捜せ！」

「了解です！」

ジェレミー殿下の命令に、兵士たちが返事をしてすぐさま行動に移す。

リビエン帝国……そんな国がフィオナを……？　なぜだ……？

「あいつら……また……」

考え込んでいる俺の耳に、エリックの言葉は届かなかった。

✦✧✦　✦✧✦

このままじっとしているわけにはいかないわ。

このままだとリビエン帝国に送られてしまう。なんとかしないと。

それにこの倉庫は寒い。このままでは病弱な私の身体ではすぐに動けなくなってしまう。動くとしたらまだ体力がある今だ。

私は床に座りながら考えていると、太ももにあるものに気付き、一か八か賭けに出ることにした。

「うっ……苦しい！」

胸を押さえてばたりと倒れる。

「……おい、冗談はよせ」

私はハアハアと荒い息を吐き出す。

フードの男は相手にしなかったが、ミリィが心配そうに口を開いた。

「……ねえ、本当に苦しいんじゃない？　この子、身体が弱いのよ。もしこのまま死んじゃったらどうするの？　私、さすがに殺人犯になりたくないわ」

ミリィの感覚がわからないが、彼女の中では誘拐はセーフで死なすのはアウトらしい。いい情報を得た。

ミリィの心配する言葉に、フードの男は深くため息を吐いた。

「……俺も今死なれたら困る。どうすればいい？」

「知らないわよ。なんか薬とかあげたら？　お医者さんとか呼べないの？」

「こんな所に呼べるわけがないだろう」

「使えないわね！」

「それはこっちのセリフだ」

「なんですって!?」

——今だわ！

二人が言い争っている隙に、私は太ももに巻き付けていたあるものを抜き取った。

そして、それを彼らに突きつける。

気付いたミリィが大声を出した。

「あ、あなた、演技だったの⁉」

「騙して悪いわね。でも、そちらのほうが悪いことをしているから、謝らないわよ」

短剣がキラリと光る。

以前、アリスが手紙とともに送ってくれたものだ。

『護身用にどうかと思って買っちゃいました！　かっこよくないですか⁉　私とお揃いです！』と手紙には書いてあった。呆れたが、私の中の中二心を刺激されてしまって、外出の時は密かに持ち歩いてた。

まさか実際に使う日が来るとは。アリスに感謝だ。

私の行動に、ミリィは慌てた表情をしたが、すぐにニヤリとした笑みを浮かべる。

「ふん！　そんな短剣でどうしようっていうの？　こっちは長剣があるのよ？」

フードの男が、剣を私から見えるように動かした。無駄なことはやめろということだろう。

長剣と短剣、リーチが違う。経験の差もあるし、私では勝ち目がないだろう。

「そうね。争うのは無駄でしょうね」

だが、これでいい。元々戦う気はない。

「さあ、観念して――」

「でもこれならどう？」

私は短剣を自分の喉元に近づけた。

「な、何を考えてるの⁉」

ミリィが慌てている。まさか私がこんな行動をとると思っていなかったのだろう。貴族令嬢が武器を持っているとは考えもしなかったはずだし、自らの首に当てるなど、想像したこともなかったはずだ。

しかし、フードの男はミリィと違い冷静だった。

「剣を下ろせ。死ぬ気か？」

「必要なら」

私は短剣を構えたまま答える。

「私が死んだら困るのでしょう？　私の知識が必要なら、きっと生きて連れてこいと言われたはず。違う？」

死んでしまえば知識も何もない、ただの死体だ。そんなものを連れていけば、きっと彼らもただでは済まないだろう。

「……向こうに行けば少なくとも死ぬことはない」

「人間として扱われるかも疑問なところに喜んで行くバカはいないでしょう」

「だから今ここで死ぬと？」

「名誉の死よ」

男がスッと私を見据える。彼の赤い瞳がこちらを探っている。

私はごくりと唾を飲み込んだ。

さあ、どうか、騙されて。

フードの男が、ふう、と息を吐いた。

「わかった……」

こちらに向けていた剣を下ろし、私はほっとした。よかった、信じてくれた。

あとはそちらの罪を問わないから、私を逃がすように言うだけ――。

そう考えていた時、短剣を持っていた手に痛みが走った。

「え……?」

何かを投げられたのだと気付いた時には短剣は私の足元に落ちていた。

慌てて拾おうとするも、フードの男のほうが早かった。

あっという間に距離を縮めたフードの男は、私の足元の短剣を足で遠くに蹴り飛ばした。

その短剣と私の間にフードの男が立つ。

「くっ……」

私は後退《あとずさ》るが、フードの男は私が動いたのと同じ距離を近づいてくる。

「私が死んだらどうしていたの!?」

「コインの角度を調整した。短剣が首に当たらないようにしたからその心配はない」

先程手に当たったのはコインだったらしい。

「万が一があるでしょう? それに、気付いて私が自分でやっていた可能性も――」

「それはない」

はっきりとフードの男に言い切られて、私は口を噤んだ。

「君は自分を傷付ける気など毛頭なかった。あれがハッタリなのは気付いていたし、俺は訓練された人間だ。ミスはしない」

男が一歩ずつ近づいてくる。狭い倉庫では逃げ道がない。すぐに壁に追いやられ、私は男に手を掴まれた。

「くっ……放して！」

「悪いが二人とも連れていく約束だ」

「――え？」

二人、と言われてミリィが反応した。

「ちょっと待って……二人って……まさか私じゃないわよね？」

「ここに他に人がいるか？」

ミリィの顔から血の気が引いた。

「は、話が違うじゃない！」

「俺は一度も一人だけを連れていくとは言っていない。役立つ知識を持っているかもしれない人間を、帝国がみすみす逃すと思うか？」

ミリィがわなわなと身体を震わせている。そしてバッとその場を逃げようと走り出した。しかし呆気なく捕まる。

「放して！」

腕を掴まれたミリィが激しく暴れ、その動きで男のフードが取れた。

「え？」

現れた男の顔に驚いた。黒い髪、赤い瞳。私はこの人を知っている。

「アーロン……？」

それは、グラリエル王国の王宮に仕えているはずの、アーロンだった。

「どうしてあなたが……」

「転生者の情報を得るには、国の中核で働くのが一番手っ取り早い」

すでに隠す気がないのか、アーロンは私の疑問に答えてくれる。

「転生者ということを隠していても、彼らは自ずと自分の知識を使ってしまう。そして、それは当然国に影響を及ぼす。君がいい例だ」

スッと目線で私を見る。

確かに、私も当然のように前世の知識を使ってしまった……。図らずとも、それで国王陛下の目にも留まり、国の施策にも関わることとなった。

確かにアーロンの言う通り、転生者の情報を得るには、王宮という場ほどいいものはないだろう。

「帝国のスパイとして紛れ込んでいたということね」

「そういうことだ」

念のため、グラリエルの国王が関わっているのか知りたくて、ハッタリで確認すると、アーロンは帝国のスパイであることを認めた。

よかった。国が率先して帝国に転生者を送っていたわけではなくて。

しかし、それなら、他の国にもアーロンのような者がいて、各地から転生者を攫っているということだろうか。

「ちょっと、放してってば！」

もっと色々聞きたかったが、ミリィが再び暴れだした。アーロンはふう、と息を吐くと、ミリィの首筋に手刀を入れた。

ミリィは途端にだらんと力が抜け、アーロンがその身体を支える。きっと、さっき私もこうして気絶させられたのだろう。

アーロンはミリィを手頃な木箱に入れる。

「抵抗はするな。するならまた気絶させる」

アーロンの言葉に、私は抵抗するのをやめる。気絶させられたら、逃げる瞬間を逃してしまうかもしれない。

「これを噛め」

アーロンは手ぬぐいのようなものを私の口に噛ませ、それを後頭部に巻いた。猿ぐつわだ。

「入れ」

私にも木箱に入るように指示する。私の細腕でアーロンに勝つことは不可能だ。分が悪いと判断した私は素直に従い、木箱に入った。

蓋を閉められると、数人が倉庫に入ってきた気配がした。アーロンには仲間がいるらしい。まあ、こんな大それたこと、一人でやるには無理があるか。

誰かに担ぎ上げられ揺れる木箱の中で、私はどうしたものかと、途方に暮れた。

無理やり出るべき？　いや、箱の外に誰かいる気配がする。こっそり脱走というのは難しそうだし、病弱で体力のない私が彼らに立ち向かっても敵わないだろう。私は木箱の中でひっそりとため息を吐いた。

色々なことが起きた精神的負担もあり、私の体力は限界だった。せっかく気絶させられずに済んだのに、どうすることもできず、結局私は木箱の中で眠ってしまった。

✦✧✦　　✦✧✦

「……大丈夫か？」

「気持ち悪い……」

アーロンが訊ねるが、それに返事をするのも辛い。

私は甲板の上でぐったりしていた。吐くものはもう吐いて何も出てこないのに、気持ち悪さは消えない。

あのあと、木箱に入れられたまま、私とミリィは船に乗せられた。まさか船にいきなり乗るとは思わず、木箱から出て海を見た時は呆然としてしまった。

海の上に出てしまったらもう逃げ出すことは不可能だ。

木箱に入れられる時、何がなんでも抵抗するべきだったと後悔しても、もう遅い。

……いや、そもそも抵抗してもきっと無駄だった。病弱でひ弱な私の抵抗など、簡単にねじ伏せられただろう。要らぬ怪我をしなかっただけマシだったと思い、自分を奮い立たせる。

……それに今はそれどころではない。

「船酔いが……こんなに辛いとは……」

前世でも今世でも船に乗ったことはなかった。身体は弱いが船にも弱いとは。何にならば強いのだこの身体は。

「ほら、薬だ」

「ありがとう……」

吐き出さないように気をつけながら飲み込む。うう、頑張れ私！　この薬の成分を身体が吸収するまで吐かない！

いや無理かもしれない。私はヘナヘナと甲板に座り込んだ。

「お、おい」

アーロンが慌てた様子で私の身体を支える。

「うう……揺らさないで……出る……」

そう言った瞬間アーロンはサッと私から離れた。……私が吐いた場合そばにいないほうがいいから、その対応は間違ってないかもしれない。しれないけどあからさまじゃないだろうか。

今吐いてやればよかった。苦しんでるのは誰のせいだと思っているのだ。楽しく出かけていたところを誘拐して勝手に船に乗せたのはそっちのくせに。

うぅ……腹立たしいけど今は気持ち悪さでその怒りが分散される……これはいいのか悪いのか……。

「うっ……暑い……」

なんか身体がポカポカする。前世でも今世でも船に乗る機会がなかった。これが初めての船酔いである。船酔いって身体も暑くなるのかな。吐いたことによって水分を身体の外に出しすぎた？

「いや、寒い……？」

私は寒気を感じて身体を震わせた。暑かったり寒かったり、落ち着かない。

「まさか……」

万一吐瀉物《としゃぶつ》を浴びないように、私の様子を距離をとって観察していたアーロンが、何かに気付いた様子で私に近づいて、額に触れた。冷たくて気持ちいいな、と思ったらすぐに離れてしまった。残念。

「熱があるぞ」

「え？」

熱？

そういえば確かに身体は熱いし額から汗も出ている。その上寒気もするし、鼻水もちょっと出てき始めていた。長年の経験でこの症状が何かすぐにわかる。

「これ風邪ね……」

さすが病弱な身体。誘拐されていようが関係なしに体調を崩す。いや、誘拐されたストレスで体調を崩したのかもしれない。病弱な身体はストレスにも弱い。

風邪の影響で船酔いもひどかったのだろうか。風邪が治ったら船酔いもマシになってほしい。

「立てるか？」

「無理……」

気持ち悪いし暑いし寒いし身体に力が入らない。

「本当に病弱なんだな……」

「そうだって知ってるでしょ……」

アーロンはグラリエル王国で働いていた。当然私が病弱なことも知っている。

「情報として知っていたが、実際に近くで様子を見るのは初めてだからな」

「ああ……確かに……」

アーロンはグラリエル王国の使用人として紛れ込んでいたが、私の近くに堂々といられる立ち位置ではなかった。国王陛下との謁見でも、彼は扉を開ける係であり、私を近くで見ていたわけでもない。情報収集の結果、私の病弱さは知っていても、目の当たりにすることはなかったのだ。

「……仕方ないな」

座り込んだ私の耳にアーロンの言葉が入ってきたと同時に、私の身体がふわりと浮かんだ。アーロンにお姫様抱っこされたのだ。

「ア、アーロン⁉」

「大人しくしておけ。そのまま休める所まで運ぶ」

アーロンは私を横抱きにしたまま歩き出した。どうやら、体調不良で動けなくなった私を運んでくれるらしい。

そのまま船内を進んでいき、一つの部屋に入ると、そこにはベッドが置いてあった。私はそこにそっと降ろされる。

「ありがとう」

アーロンからしたら私はきっと貴重な人間だ。死なないようにするのは当たり前なのかもしれないし、誘拐犯にお礼を言うのもおかしいかもしれないが、ここまで運んでくれたのは事実だ。誘拐されてしまっているし、船の上にいる以上長く彼らと一緒に過ごすだろうし、意地を張ってツンツンしていても仕方がない。私は素直にお礼を言った。

「礼を言われることはしていない。お前が死ぬと困るからな」

「それはそうね……」

誘拐したということは、生きていることに価値があるということだ。私が死なないように尽力することは当然なのかもしれない。

アーロンが部屋に備え付けられている洗面台で水を出す。そしてタオルを濡《ぬ》らし、絞った。そのままそれを私の頭に載せてくれる。

「気持ちいい……」

「こうしたら気も紛れるだろう」

ひんやりした気持ちよさで、吐き気も治まった気がする。

「眠っておけ」

「そうしたいけど、寝すぎて眠くないのよね」

本来なら熱があるなら寝て回復させるべきだが、木箱の中で眠ってしまったので、眠気はない。

「ベッドに横になったら少し良くなったから、聞きたいこと聞いておきたいんだけど」

「……それはそうだろうな」

アーロンが部屋に一つだけあった小さな椅子に座る。私に付き合ってくれる気があるらしい。何も話してくれないのかと思っていたので少し驚きつつ、アーロンの気が変わらないうちに色々聞こうと口を開いた。

「ミリィは？」

「まだ箱の中でグーグー寝ている」

人をこんなことに巻き込んでおいて、呑気《のんき》なやつ。木箱から出た時私と同じように驚くといい。

「ミリィとはどうやって知り合ったの？」

「裏のギルド……悪い依頼を請け負うところだ。そこにミリィが依頼してきた。君のことは転生者だと確信していたから、君への依頼があったら俺に連絡が来るようにしていた」

「そう……あなたはギルドで転生者絡みの依頼を受けているということ？」

「そういうことだ」

「私たちは向こうに行ったらどうなるの？」

一瞬間を置いてアーロンが口を開いた。

「帝国で幽閉され、二度と外には出られない。ただ帝国に知識を提供するだけの存在になり、それが終わっても、知識を漏らさないように徹底的に管理される。……転生者の知識を独占することで、帝国は繁栄したからな」

それを聞いて私は頭に血が上る。

「そんな……！　まるで人を物のように！」

「実際やつらにしたら、転生者は都合のいい代物だ。人間とは思っていない」

「転生者だとしても、この世界に生まれたのよ⁉　この世界の人間に間違いはないはずなのに！　彼らの家族は⁉」

転生者は前世の姿のままこの世界に来たのではない。ちゃんと私のように、この世界の人間として生まれたはずだ。親がいて、兄弟がいて。結婚して自分自身で家族を作っている人もいたはずだ。

「帝国は転生者の連行を邪魔する者を許さない。邪魔をしたら、その家族は極刑だ。だから、転生者は家族を守るためにも従う」

「そんな……」

なんて酷い……。

想像以上に過酷なリビエン帝国の実態に、私は怒りで震えた。

エリックも帝国で何かあって国を出たような様子だった。進んでいる国だとも言っていたけれど、それらは全部転生者から知識を奪っているから。なのに彼らの扱いは悪いなんて。

「なんて国なの……！」

「その通りだ」

まさかの同意に、私は目を瞬いた。アーロンは感情を消し去った表情で、淡々と言った。まるで本来の怒りを抑え込んでいるかのように。

「あの国は腐りきっている。滅ぶべきだ」

どういうことだ。アーロンは　リビエン帝国の人間ではないのか？　私の知識を奪うことが目的では？　帝国を憎んでいるなら、どうしてこんなことを？

混乱していると、アーロンが私を見た。赤い瞳とかち合う。

「レンだ」

「え？」

「レン・アルゲナス。それが俺の本名だ」

アーロンが本当の名前だとは思っていなかった。きっと都合のいい偽名を使っていたのだろうと思っていたが、まさか本名を教えてくれるとは。

「どうして名前を……」

「信頼してほしいからだ」

「信頼……？」

どうして私の信頼がいるのだ。これから自分が売り飛ばす人間の。

アーロン……レンは一度口を開こうとしたが、こちらを見て口を閉じた。どうしたのだろう、と思ったら気遣わしげな目線を向けてくる。

「少し長い話になる。休んだほうがいいだろうから、また回復してから――」

「今話してくれて大丈夫！　調子はいいほうなの」

私の体調を考えてくれて部屋から去ろうとするレンを慌てて引き止める。風邪を引いて熱は出てしまったが、今回は軽いものなのが経験でわかる。横になってさえいたら、話をするぐらいは大丈夫だ。

何よりこのまま去っていかれたら、気になっておちおち休んでいられない。

レンは私が無理をしていないか探るようにじっとこちらを見た。

「……休みたくなったらすぐに言え」

「うん」

レンは深く一度息を吸って吐いた。そして覚悟を決めたように話し始めた。

「俺はある目的のために、君を攫った」

「ある目的？」

レンはゆっくりと口を開いた。

「俺は――リビエン帝国を滅ぼしたい」

✦✧✦ ✦✧✦

フィオナの捜索が暗礁に乗り上げた。

「どうして見つからない！」

俺は机を大きく叩く。俺の怒りの行動を、咎《とが》める者はいない。婚約者が誘拐されたのだ。みんな痛ましい目で俺を見ている。

もう誘拐されてから六時間以上が経過した。時間が経てば経つほど誘拐された痕跡を探すのは難しくなる。

フィオナはどこにいるんだ！

最後に消えたのは劇場のトイレだ。丁寧に他の人間が入らないように『掃除中』の立て札がされていて、目撃者はいない。

唯一の手がかりはその近くに落ちていた国旗だ。

「リビエン帝国関連の船はない？」

今まで何か考えごとをしていたエリックが口を開いた。

「あの国旗があったから、真っ先に疑って調べたけど、リビエン帝国関連の船から怪しいものは出てこなかった」

ジェレミー殿下が答える。エリックは一瞬考える仕草をすると、再び口を開いた。

「友好国は？」

「友好国？」

「あの国は友好国という名目の属国がある。その中でもリビエン帝国に従順なのは――アルメニアだね」

その言葉にその場にいる全員がハッとした。

「今すぐアルメニア関連の船を調べろ！」

エリックの一言で、場が動いた。しかし、俺は少し苛立《いらだ》ちも覚えてしまった。

「なぜもっと早く言わなかった！」

責めるように言うと、エリックは淡々と答えた。

「今のリビエン帝国と関係している国がどこか考えていたんだ。僕が国を出た時とまた情勢が変わっているからね。だから、王太子殿下の部下に新聞の調達をお願いしたんだ」

エリックの周りには新聞が散乱していた。

もう少し早ければ、すぐにフィオナを見つけられたのではという思いからエリックを責めてしまったが、そんな俺にエリックは冷静に事情を説明してくれた。

そうだ。エリックだってわかっていたらすぐに言っていたに決まっているのに。

ただの八つ当たりだ。フィオナを見つけることができない無能は俺のほうなのに。

「悪い……」

「いや、気持ちはわかるよ」

エリックがポツリと言った。

「僕も家族を奪われたから」

エリックの言葉に、俺は彼を見たが、感情のわからない表情を浮かべていた。

「奪われたってどういう――」

「見つけました！」

その時、兵士が叫んだ。

「アルメニア行きの船が一隻ありました！」

「よし、すぐにその船に行こう」

「い、いいえ、それが……」

兵士が気まずそうに声を出す。

「すでに出航してから五時間経っています……」

その言葉に、その場の全員が言葉をなくした。

五時間。とても縮められる距離ではない。

「クソッ！」

俺は壁を殴った。フィオナが連れ去られたというのに、俺はなんて無力なんだ。

こうしている間にもフィオナがどんな目に遭っているか……想像しただけだ身体が震えた。

「諦めるには早いよ」

みんなが気落ちしている中、エリックが地図を指さす。

「この海域、潮の流れが速くて、みんな避けて通るけど、実はこの部分だけうまく抜けられるようになっている。ここを通ればかなりの時間短縮になる」

エリックが説明する。

「どうしてそんなことを知ってるんだ？」

「帝国から追われている時、ここしかバレずに行く海域がなかった。一か八かで行ったら、この海流を見つけたんだ」

「追われている時……？」

「……」

エリックは悩んだようだが、意を決したように口を開いた。

「みんなよく聞いてほしい。これから言うことは真実だ」

みんながエリックに注目し、口を閉ざした。

「リビエン帝国は、国家主導で人攫いをしている」

「なんだって⁉」

エリックの告白に、その場がざわついた。国家主導の人攫いなど、あっていいはずがない。

にわかに信じ難いが、エリックが嘘を吐いているとも思えない。

「そんな話は聞いたことはないが……」

ジェレミー殿下が困惑した表情を浮かべてエリックに確認する。

「僕がいた頃は帝国内だけで行われていたんだ。ある特定の人間だけ、国に捕らえられる……だから露見しなかったんだと思う。捕らえられた人は逃げたら家族を殺すと脅され、家族は口外したら捕らえた人を殺すと脅される。……きっと、帝国内では狩り尽くしたから、他国にも手を伸ばしているんだろう。そしてフィオナ嬢はそれに巻き込まれたんだ」

「そんな……」

衝撃的な真実に、みんな言葉を失った。カミラ嬢は青い顔をして、ジェレミー殿下にしがみついている。

「僕の家族も攫われた。僕の父で、僕に医学のすべてを教えてくれた人だ」

エリックの告白に皆が息を呑んだ。エリック自身が家族を奪われた被害者だったのだ。

「僕も……本当は対象ではなかったけど、父の知識を持っているからという理由で捕まりそうになったんだ。父が身を呈して助けてくれて、一人だけ逃げることができたけど、父はそのまま捕まってしまった」

エリックがギュッと拳を握った。

「これから話すことは、さらに信じられないことだと思う。だけど、きっと腹に落ちると思うから、聞いてほしい」

エリックは息を吸い込んで、一度吐く。

「帝国は、『転生者』を攫っている。――そして、フィオナ嬢もその一人だ」

✦✧✦ ✦✧✦

「リビエン帝国を滅ぼしたいってどういうこと？　それって……」

言ってから私はハッとして慌てて口を噤んだ。一つの国を滅ぼそうという大それた発言を聞かれたら、どんな報復があるかわからない。もし誰かに告げ口されたら、レンは……。

想像して顔を青くしている私を見たレンが、安心させるように言った。

「この船にいる人間は、全員俺の仲間だ。だから会話を聞かれても問題ない」

「あ、そうなのね」

ほっと胸を撫で下ろす。それならレンが帝国から反逆者として扱われることはないだろう。

「……君を攫った人間の心配をするのか。根っからの善人だな」

レンがどこか呆れたような、嬉しそうな、なんとも言えない顔で言った。

「そ、そんなことはないと思うけど……」

そこまで善人ではないと思う。たぶん。お金にがめついし。でも、確かに今、無意識にレンを心配したのは確かだ。

レンは私の言葉にホッとした様子で続けた。

「いや、安心した。そういう人間のほうが信用できる」

「ど、どうも」

喜んでいいところかわからないが、彼に認められたということだろう。一応礼を言っておく。

「えっと、それで、どういうこと？」

彼はリビエン帝国側の人間ではなかったのか。なぜその彼がリビエン帝国を滅ぼそうとしているのか。

疑問を投げかける私に、レンは答えてくれた。

「そもそも俺がこんなことをしているのは、帝国を滅ぼすためだ――転生者である母を持った、俺の復讐だ」

転生者を母に持つ、と言われ、私は息を呑んだ。

だって、彼から聞いた帝国での転生者の扱いは――。

私は何も言葉が出ずにただただ彼の言葉を聞いていた。

「帝国は転生者を攫ったら、二度と外には出さない。中の様子も教えてくれない。帝国が教えてくれるのはただ一つ――転生者が死んだ場合だけ、その死を教える」

死を教える。

その言葉で、彼がこれから言おうとしていることがわかってしまった。

「母は俺が十歳の時に連れていかれてしまった。転生者は捕まるのを恐れて、基本的にみんな自分が転生者だと秘密にしているんだ。母もうまく隠せていた。だけど、ついに帝国に見つかり、連れ去られてしまった。帝国では家族が連れ去るのを妨害しても、本人が逃げ出しても、罪に問われる。母は抵抗もせずに、涙を流しながら連れていかれた。俺に『愛してる』と何度も言いながら」

淡々と語っているが、言葉に悲しみがにじみ出ている。母親が連れていかれた時、レンは十歳……まだ子供だ。母親と引き離されて、どれだけ悲しく、寂しく、心細かっただろうか。

「手紙を送ることも禁止。母がどうしているかわからないまま、でも、きっといつか出てくると願っていた。だけど、二年後……あんなに健康だった母の死亡が、たった二年後に教えられた」

レンがグッと拳を握った。

「母の遺骨を持ってきた役人が、こう言った。『大した知識もない役立たずだった』と」

私は思わず口を覆った。無理やり連れ去って、家族と引き離してそのまま死に目にも会わせなかったのに、最後に家族にかける言葉が役立たずだなんて！

「その言葉だけで、母がどんな扱いをされていたのか、すぐにわかった」

握りしめた拳が痛そうだったが、私は何も言わなかった。そうしなければ、彼はきっと感情をコントロールできない。それだけ、彼が怒りを抱いているのがわかった。

「同じ帝国民なのに、転生者というだけで人権を無視され、尊厳を踏みにじられる……そんなことあっていいはずがない！」

レンが声を荒らげたが、すぐにハッとして「すまない」と謝罪した。私は静かに首を横に振って気にしなくていい意思を伝える。彼が怒りをぶつけているのは私ではない。帝国である。

レンは荒ぶった気持ちを落ち着かせようと思ったのか、一つ深呼吸をしてから話を続けた。

「帝国は、そのうち、転生者だけでなく、自国民も虐げるようになっていった。理由は転生者より役立たずだから……どうやら彼らは役立たずという言葉が好きらしい」

レンの皮肉に、私は胸が痛くなった。

「帝国では上層部だけが甘い汁を吸って、のうのうと生きている。あいつらこそ、人の知識を奪うことでしか生きていけない役立たずなのに。……だから、今の帝国に反旗を翻そうとする者たち——反乱軍が結成された。帝国民のほとんどが彼らに賛同している」

クーデターだ。元の世界でも過去に何度も起こったことだ。国の政治に不満を持った国民が、国の上層部を倒す。そして国民は発言権を持つのだ。レンはそれを実行しようとしているのだろう。

「そして、俺がそのリーダーだ」

「リーダーって……反乱軍のボスってこと⁉」

私が思わず驚きの声を出すと、レンがなんてことないように「そういうことになる」と返した。

レンが反乱軍のリーダーだなんて……。

「すでに反乱軍の基盤はできていて、反乱を起こすことは簡単だ。だが、皇帝のいる場所は、さすが知識を奪い取って造っている場なだけあって、強固で侵入もできなかった。これでは反乱を起こしても、立てこもられて、真の敵を倒せないまま終わってしまう。だから、俺たちはある作戦を考えた」

「作戦……」

「厳重な守りが敷かれている帝国の中心……転生者も幽閉されている皇城は、転生者を受け入れる時だけ開く」

私は彼の言わんとしていることを察した。

「つまり、転生者を連れてきた人間として、一緒に中に入ろうとしてるのね？」

「そうだ」

レンが頷いた。

「中に入り、うまくいけば、内側から、外にいる反乱軍を迎え入れることができるはずだ」

「でも中には帝国軍もいっぱいいるはずでしょ？　中に入ったからってそんな簡単にいくの？」

「いや、中に入っただけなら無理だろうな」

私の心配ごとに、レンはあっさり同意した。

「中に入れたとしても、君たち転生者と俺と、入れてもそれだけだ。それで帝国軍の目をかいくぐって厳重に管理されている皇城の門を開けるのは不可能だろう」

「不可能って……まさかダメだとわかっていても、一か八かに賭けるとか言わないわよね？」

誘拐されてもはや逆らえない立場になってしまっているが、それでも無惨に命を散らす作戦に協力する気はない。私はこの病弱な身体を治してのんびりと百歳まで生きるつもりなのである。

「まさか。そこまで無謀じゃない」

レンの言葉に私は胸を撫で下ろした。

「だが、それには君の協力が必要だ」

「私にしてほしいことって、一緒に中に入ることだけじゃなかったのね」

「そうだ。中に入ることだけが目的なら、ミリィだけを攫えばよかった。だが中に入って終わりじゃない」

「だから私が必要なのね」

「そうだ。わざわざ君の病弱さを知ってから誘拐したのだから」

「……それはどういう意味？」

病弱で足手まといだとしても転生者として価値があったのか、それとも病弱な必要があったのか。

「君のその体質を利用させてほしい」

どうやら病弱な身体を役立たせるつもりのようだ。

「どうするつもり？」

「中に協力者がいる。皇帝お気に入りの転生者の医者だ。彼は転生者の中では重要な人物として、丁重にもてなされている。彼と秘密裏に連絡を取り、こちら側についてもらった」

「その人に内側から扉を開けてもらったら解決じゃないの？」

レンが首を横に振った。

「皇帝の主治医ということで、まだ大切にされてはいるほうだが、彼も結局は転生者だから、扱いがいいというわけではない。扉を開けるまでの行動を起こせない」

「そうなの？」

もし主治医だという転生者が扉を開けられるのなら、私が危険を冒す必要がないのではないかと思ったが、そうはいかないらしい。

確かにそれが可能ならわざわざ私を誘拐したりしないだろう。

「皇帝の住む部屋は厳重に警備がされている。その中でも皇帝の部屋に入れるのは限られた人間のみ……転生者の医者もその一人だ。皇城の入口を開けることができても、皇帝の元に向かうまでには時間がかかる。皇帝に逃げる時間を与えないためにも、皇帝の私室に入れる人間と共に、皇帝を捕縛するのが一番効率的な方法なんだ」

「私が皇帝を捕縛するの⁉」

予想していなかった役目に大きな声が出てしまった。ちょっと手助けする程度だと思っていたのに、作戦の要的な位置に驚きが隠せない。

「医者は戦闘訓練を受けていない一般人だ。一人で皇帝を御すことはできない。だから二人で行ってほしい」

「私も戦闘訓練を受けてないんですけど⁉」

「それは仕方ない。男の転生者が見つからなかったし、そもそも俺が連れてきた転生者が病弱で医者の診断が必要だという体で医者と接触させるためにも、演技でバレることがない病弱な君しかいないと思った」

「いくら接触するためでも捕縛係を病弱な人間にさせようとするのは危険な橋すぎない……？」

「危険な橋だけど渡るしかないんだ。もう国民は耐えきれない。リスクを避けている余裕はないんだ」

真剣な表情を浮かべそう言うレンは、どこからどう見ても国を思う人間だった。

「……いくつか質問があるんだけど」

受け入れる前に疑問をスッキリさせておきたい。

「反乱軍の誰かに転生者のフリをさせて連れていくのじゃダメだったの？」

「長年転生者を攫っている国なだけあって、偽物だとすぐバレてしまうんだ。だから本物の転生者が必要だった」

レンの説明で、私は今までのことに納得した。手間暇かけて私を誘拐したのはそうするしかなかったからなのだ。

「どうしても転生者が必要だったのね。そのためにわざわざ外国の王家に仕えたの？」

「自国では転生者は狩り尽くされたからな。他国で見つかる可能性に賭けるしかなかった」

「そして私を見つけたと」

「そうだ」

状況はわかった。だけど、まだ腹に落ちないところがある。

「……それで、どうして急に私に事情を説明するの？　あのまま転生者のブローカーだと演技を続けていたほうが、帝国側を欺けるでしょう？　私にはただ協力しないと命はないとか、適当な理由で命令したらいいじゃない」

私にも教えずにいたほうが、私の反応から、向こうがレンたちを反乱軍だと疑う可能性を減らせる。リスクを考えるなら、私には反乱軍のことは伝えずに利用したほうがよかったはずだ。

「初めはそうしようと思った。だが——気が変わった」

「気が変わった？」

「ああ……君には正直に話して協力してもらうべきだと思ったんだ」

「どうしてそう思ったの？」

「直感だ」

レンの目は一点の曇りもない。彼の本心であることが、一目でわかった。

そんな目をされたら、拒絶などできない。

「わかった」

聞きたかったことは全部聞けた。あとは私が覚悟を決めるだけだ。

「さすがに無鉄砲に突っ込んでいくんじゃなくて、作戦があるんでしょう？」

私の言葉に、レンは鳩《はと》が豆鉄砲を食らったような顔をした。

「……行ってくれるのか？」

行きたいか行きたくないかで言えば、行きたくないのが正直なところだ。

でもここまで話を聞いて、動くのを嫌だと言えるほど、私は自分のことだけを考えることができなかった。

「もう乗りかかった船……というか、乗っちゃってるしね、船に。逃げ場もないし、それで私が無事に帰れる可能性が増えるのなら、協力するしかないじゃない」

私の言葉に、レンは少し黙って、その瞳が揺れたことに気付いた。

私は一つ深く息を吐いて息を整える。そしてレンのまっすぐな目をそのまま見つめ返した。

「何をしたらいいのか教えて」

「……本当にいいのか？」

レンが確認してくる。

「危険もある。何より、俺は君を無理やり攫った相手だぞ。そんな相手の頼みを聞くのか？」

「わかってるけど、そんなこと言われて断れないじゃない。何より、もう海の上だし。どっちみち、断ろうと断らなかろうと、協力させるつもりだったでしょ？」

「それは……」

レンは否定しなかった。私に協力させるつもりで誘拐したはずだから、否定などできようもない。

でもレンは無理やり従えさせることもできたのに、そうはせず、こうして事情を説明してくれた。それだけで、彼の誠実な人間性が窺える。

理由などそれで充分だ。

「私があなたの力になると自分で決めたの」

「……できる限り無傷で帰れるように、尽力しよう」

必ずそうする、とはレンは決して言わない。口だけの人間でないことがそれだけでわかる。

「作戦を教えてくれる？」

「ああ」

私の決意が伝わったのか、レンがようやく作戦を教えてくれる。メモは取れないと言われ、必死に頭に叩き込むが、全部聞いたあとで、私は不安に襲われた。

「そんなことできる……？」

「できるかどうかではなく、やるしかない」

レンにきっぱり言い切られ、私は不安を払拭できない。だって私にそんなことができるとは思えないのだ。

だけどこの作戦の私の立ち位置が、どれだけ重要かは理解していた。私は自分を奮い立たせた。

自分でやると言ったのだ。怖気付《おじけづ》いてどうする！

私は弱気な自分に活を入れるために、頬を両手で叩いた。痛い。

「そうね！　やるわ！　そして国に帰る！」

そう宣言すると、レンが少し笑った。

「そうだな。無事に帰れるよう祈っておこう」

それはフラグが立ってしまいそうだからやらなくていい……。

だけど、こうして協力することで、私が国に帰れる可能性が増えることは事実だ。

私がただ捕まっても、帝国に利用されるだけ利用されて終わる。だけど、クーデターが成功したら、私は国に帰れるはずなのだ。

クーデターが成功する可能性が、私の協力で増すならやるべきだ。彼らがやり遂げないと、私は一生帝国から出られなくなってしまう。家族にもルビーにもアリスにも……そしてルイスにも会えなくなる。

それは嫌だ。

それに。

「私は許せない……同じ転生者として、彼らの尊厳を奪ったやつらが」

ただ転生者として生まれただけなのに、なぜそんな扱いを受けなければいけないのか。

捕まってしまった転生者は、普通の人間だったはずだ。家族がいて、幸せに暮らしていたはずだ。それが転生者というだけで、幽閉され、自由のない暮らしになる。

彼らは何も悪くないのに、なぜそんな目に遭わなければいけないのか。

人権侵害もいいところだ。私は帝国に一泡吹かせたい気持ちになっていた。

私は手を差し出した。

「じゃあ、今から帝国を滅ぼしたい同志ってことで！」

レンが笑った。そして私の手を握る。

「ありがとう。だが危険だと思ったらすぐに逃げるんだ」

「わかった」

「随分仲良しじゃない」

ふと声が割って入ってきて、私は飛び跳ねた。

声のほうを見ると、室内に入る扉を開けた所にミリィが立っていた。

「ミ、ミリィ⁉　起きたの⁉」

いつからいたの⁉　聞かれた⁉

冷や汗をかきながら、ミリィの反応を窺う。ミリィは不機嫌そうな顔で口を開いた。

「変な箱の中で寝てたから身体が痛いんだけど。なんで私船にいるわけ？　説明してくれる？」

この感じは、聞いてない……？

私は内心でそっと胸をなで下ろした。

私はレンを見ると、レンは小さく首を横に振った。そうだ、そのほうがいい。ミリィは信用できないから、仲間に入れないほうがいい。

「ミリィも転生者だから連れてこられたのよ。なんで同じ転生者なのに自分は大丈夫だと思ったの？」

「うるさいわね！」

ミリィがキャンキャン吠《ほ》える。

「私は本当に大した知識なんてないのよ！　あんたみたいな取り柄がないの！　ふんっ！　自

分が優れてるからって偉そうに！」

なんとなくわかっていたけど、ミリィが私を嫌う理由は、私が悪役令嬢というポジションだからという理由だけではない気がする。

「私を家に帰してよ！」

レンに向けてミリィが言うが、レンは首を横に振った。

「無理だ。すでに出航しているのに戻れるわけがないだろう？　それに、わざわざ戻って捕まるリスクを負うと思うか？」

「知らないわよ！　捕まってもあんたが悪いんでしょ！」

「お前も共犯だから当然捕まるぞ」

ピタリ、とミリィが吠えるのをやめた。

「え？」

「お前はフィオナ嬢を誘拐する協力をしただろう。当然お前も罪に問われる。俺もきっちり依頼があったと証言するしな。契約書が証拠になる」

「……そんな」

なぜ自分は無傷だと思い込むことができたのか。

ミリィはさっきまでの勢いをなくし、顔色を悪くした。

「帝国に大事にしてほしいなら、大人しくしておくことだな。自分の存在意義を教えれば、必要なくなるまでは大事にしてくれるだろう」

「存在意義……」

「わかったらここから出ていってくれ。今体調不良で彼女は寝ているんだ」

「……ふん、いい気味だわ。いいわね、ちょっと体調不良になればみんなが優しくしてくれて」

「ミリィ」

「……わかったわよ。出てけばいいんでしょ」

ミリィは納得できないのか、ブツブツ呟きながら、部屋から去っていった。悪態を吐きながらも、自分の立場の悪さを理解したのか、その顔色は悪かった。

ミリィが部屋を出ていってから、ふう、と二人で息を吐いた。

「話を合わせてくれて助かった」

「いいえ、ミリィがいたら、ややこしくなるから」

彼らの企てるクーデターには、何がなんでも成功してもらわなければ困る。なぜなら、失敗したら私は帝国に幽閉されてしまうのだ。いや、もしかしたら協力者であることがバレて、想像より酷い目に遭うかもしれない。

この話に乗った時点で、私と彼らは一蓮托生《いちれんたくしょう》だ。

「ミリィは仲間にしないのよね？」

「ああ。彼女の性格だと信用ができない。……甘い餌をぶら下げられたら、逆に帝国側に寝返る可能性がある」

確かにミリィは自分勝手な性格のようだった。もし帝国側に「協力したらいい暮らしをさせてやる」などと言われたら、きっとそちらに手を貸すだろう。

「本当は置いていきたかったが、もし早く目覚めて帝国に行くのに支障があると困るから、仕方なく連れてきたが……」

「いい判断だと思うわ」

もし気絶しているミリィが見つかったら、なぜ倒れていたのか、私の誘拐と関わりがないか調べられるだろう。ミリィの性格だと黙秘していることができずに、すべて暴露してしまいそうだ。

彼女には最後までバレないように気をつけなければ。

ミリィもいなくなり、室内が静かになると、レンが申し訳なさそうな表情で口を開いた。

「……巻き込んですまない」

「今更？」

それなら攫わないでほしい。もう無事に帰るにはやるべきことをやるしかないのだ。巻き込まれた私には選択肢がない。

「すまない……」

しかし、本当に申し訳なさそうなレンに、私はため息を一つ吐いた。

そして、手を振り上げる。

彼の頬からバチーン！　といい音がした。

驚いて目をぱちくりしている彼に笑う。

「これでひとまず許してあげる。だから、無事に成功させることだけを考えてよね」

頬に手を当てたレンが、少し間を置いてから、笑った。

「……ああ、必ず成功させる」

第七章　リビエン皇城へ

結局船から降りるまで、ずっと熱が出たり下がったりを繰り返していた。慣れない環境とストレスの影響が大きかったのだろう。今も微熱がある。

私はレンに手を引かれながら、船から降りた。そしてそこに広がる光景にポツリと声が漏れた。

「すごい……」

今までこの世界で私が見てきたどの風景とも異なった。

まるでマンションのような建物もあり、遠くに工場郡のようなものも見える。しかし、街にあまり煙や公害のようなものは見えない。転生者の中に、そうしたことに詳しい人物がいたのだろうか。

帝国を見ると、私の国の文化が何世紀も遅れているように思える。

しかし、そうではない。これらはこの国が自然に発展していったのではなく、転生者から知識を奪うことで手に入れた豊かさなのだと、私はもう知っている。

とにかく帝国の首都は便利そうなもので溢れており、さぞ暮らしやすそうに見えたが、よく見ると人々の服はボロボロで、町の光景とのちぐはぐさに違和感を覚えた。皆顔に活気がなく、ただ、生きている感じだ。

平民が虐げられているというのは本当のことなんだろう。

「——こんなに値上がりしただと⁉　ふざけるな！」

ガシャーンと何かが倒れる音がして振り返ると、取っ組み合いの喧嘩をしている人たちがいた。

「こんなんじゃ、飯を食うこともできねぇじゃねえか！」

「うるせえ！　俺がそうしてるんじゃねえ！　お上がまた増税してんだよ！　便利なもん作るには金がいるってよ……おかげで俺だって商売上がったりで困ってんだよ！」

「なら、そんなの無視して売れよ！　町にどれだけ餓死しそうな人間が溢れてると思ってるんだ！」

「じゃあ俺は餓死していいっていうのか？　ええ⁉」

男たちがやり合うのを、町の人たちはただ見ている。もはや、それを止める力もないと言うように。

「ひどい……」

貧しい人で溢れると、治安は悪くなる。そのことがよくわかる町だった。

「何あれ、汚い」

ミリィが吐き捨てるように言って、町の人々にじろりと睨まれた。

「みんな、生きるのに必死だ。皇帝たちは自分たちの豊かさのために民を見殺しにしている。町には失業者が溢れ、高い税金を払えずに野垂れ死にする人間も多くいる。政府はそういう人間を保護はせず、ただ金をむしり取ってあとは放置だ」

「なんてこと……」

痩せ細った人々。何かを必死に買ってもらおうとしている子ども。頭を下げて何とか商品を買おうとしている人々。ここがこの国の中心部だと聞いた。ならば、ここはきっとまだマシなほうで、田舎だともっと苦しい生活を余儀なくされているかもしれない。

とても政治が機能しているとは思えない。

「反乱軍はだいぶ前から立ち上がっていた。だが、どうにも皇帝を打つ手立てがなかった」

ミリィに聞こえない声量でレンが言った。

歩きながら、町の中心に向かう。そう、この町の中心――皇城だ。

「大きい」

それは想像より大きかった。

入口は大きなシャッターのようなもので閉められていて、その周りには高い壁がそびえ立つ。それもおそらく金属でできていて、これを突破するには骨が折れるのはすぐにわかった。

なるほど、これは内側から崩すしかない。

レンがインターホンのようなもののボタンを押す。

『……要件は？』

「帝国に知恵を」

何かの合言葉なのだろうか。その言葉を聞くと大きなシャッター側ではなく、その近くにあった、また別の小さなシャッターが開いた。

『転生者二名、付き人一名。申請通り確認。通れ』

スピーカーから聞こえる声に従って、私たちは中に入った。

「結構簡単に入れるのね」

「事前に申請が必要だ。入れる人数は必要最低限。そして、もし不穏な動きを見せたら、あの塀の上の遠隔操作の銃で撃たれる」

小さい声で聞くと、レンが小さい声で返してくれた。しかし、その内容は恐ろしく、私は小さく「ひっ」と悲鳴を上げた。

「声もどこに盗聴器があるかわからない。ここからは無言で」

レンに指示され、私は黙って頷いた。

中を歩いていると、看守のような格好をした人間に出会う。

「予定通り、転生者の女二人。身辺を改めさせてもらおう。ここを通れ」

空港でよく見る金属探知機のような門を通らされた。ここに来る前に身につけていた金属は外してきた。私もミリィも、そのまま通ろうとしたが。

ビー！

ミリィが通った時、けたたましく音が鳴った。

一斉に警備の人間が現れて私たちを取り囲む。

「女！　何か持っているな！　出せ！」

「な、何もないわよ！」

ミリィは否定するが、警備の人間は、ミリィに剣を向ける。ミリィは両手を上げるが、彼らはミリィの言うことを信じてくれない。

おかしい。ミリィは私と同じく、装粧品は取り外したはずなのに。

そう思いながら、ミリィの足元を見て、私は気付いた。

「ミリィ、その靴」

「え？」

ミリィと警備の人たちが彼女の靴を見る。ミリィの靴には、宝石をチェーンで付けているのが見えた。

「その靴を脱げ」

「え？　嫌よ！　脱いだら裸足になっちゃうじゃない！」

「いいから脱げ！」

「ひいっ！　わ、わかったわよ！」

ミリィは剣先を向けられ、慌てて靴を脱いだ。

そしてもう一度門をくぐるように言われ通ると、今度は音が鳴らなかった。

「よし、そのまま進め」

指示された通りに進む。コツコツと、どんどん人気《ひとけ》のない暗い所に案内される。

ついに、牢屋がいくつもある、大きな監獄の前に着いた。

牢屋にはすでに何人も入れられている。きっとこの人たちが転生者なんだ。

「入れ」

空いていた牢屋に、ミリィが乱暴に放り込まれる。

「な、何すんのよ！　私を誰だと思ってるの⁉」

「転生者ごときが口答えするな」

ミリィに罰を与えようとしたのか、看守がムチのようなものを取り出し、ミリィに向けて振り下ろす。ミリィが怯《おび》えて目を閉じるが、彼女に当たる前にレンが看守の腕を掴み止めた。

「何をする」

「この娘たちは別の国で貴族として育った娘だ。大切に育てられたため、厳しい環境には慣れていない。雑に扱うと、知識を奪う前に、自死を選ぶ可能性が高い」

「……」

レンの言葉に、看守はムチを持った手を下ろした。

「面倒な転生者だ。大人しくしていろ」

ミリィがブンブンと首が飛ぶ勢いで頷く。

看守は私とミリィをそれぞれ別の牢屋に入れ、鍵をかけた。

「男、金を渡すから来い」

レンは看守に従ってついて行く。それを見送ってから、私は大きく息を吸った。これから作戦を決行するのだ。うまくできるか、緊張で手が震える。でもやるしかない。

私は吸った息を吐く勢いで大きな声を出した。

「きゃあああああ！」

そしてそのままバタン！　と地面に倒れる。すぐにバタバタバタバタと誰かが走ってくる音が聞こえた。

「何だ⁉」

転生者の見張りをしている人間だろう。転生者に何かあったら咎められる立場なのか、表情から焦りが窺えた。

「く、苦しい……」

私は荒い息を吐きながら見張り役に訴えた。

「お前はさっき入ったばかりの人間だな」

「そ、そうです……」

「いちいち転生者の体調不良に構っていられるか！　余計な面倒をかけるな！」

見張り役は怒った様子で私をそのままにして去っていこうとした。

レンの言っていた通り、ここでの転生者の扱いは本当に悪いらしい。

だけど、こちらにも考えがある。

「私にはあることに関する知識があります。ですが、まだその内容をお伝えできておりません
……」

「！」

見張り役の男が足を止めて振り返った。

転生者の知識は貴重なもの。

その貴重なものを得る前に手放しはしないはず。

「くそっ！」

見張り役の男は怒った様子を見せながらもこちらに戻ってきて、私の牢屋の扉を開けた。そして私を中から引きずるようにして出す。

「来い！」

私の手を痛いぐらいの力で引っ張って見張り役の足の速さで歩かされる。歩幅が違うので大変だが、こちらの様子などお構いなしだ。まるで物のようなこの扱いが転生者の扱いなのだろうと実感した。

「ま、待ってよ！」

去っていこうとする私たちに慌てたように声をかけた人間がいた。ミリィだ。

「どうしてその子だけ連れていくのよ！」

「死なれたら困るからだ」

「じゃあ私も死にそうよ！　連れていってよ！」

「どこからどう見ても健康だろ？　嘘を吐くならもっとうまくやるんだな」

「その子だって体調不良は演技かもしれないじゃない！」

ミリィが牢屋から私を指さす。彼女はどうしても私だけ出られるのが不服なようだった。

見張り役は呆れたようにため息を吐いた。

「こちらには事前情報が来ている。この女は元々身体が弱い。そして、手の平から伝わる温度が高い。熱が出ているのは専門家でない俺でもわかる」

見張り役が雑な仕草で引っ張っている私の腕をミリィに見えるようにした。

「体調不良というなら出してもいいが、実際違った時の覚悟は出来てるんだろうな」

「なっ……わ、私だって転生者よ⁉ 私の、ち、知識も、必要なんでしょう？」

先程私がやったように、自分に価値があると伝えようとしているようだ。しかし、馬鹿にした様子を隠すことなく、見張り役はミリィを見た。

「事前情報があると伝えたはずだぞ。お前が大した知識も持っていないのは知っている。転生者を他国に置いておくのを嫌がる皇帝陛下のために連れてこられただけのような存在だ。それこそ使える知識のない者は死んだって問題ない」

「……そ、そんな……」

さっきまでここに連れてこられた怒りで顔を赤くしていたミリィは、今は顔を真っ青にして震えていた。

「こいつに今死なれたら俺も咎められるんだ。邪魔するなら勝手に死ぬ前に、俺があの世に送ってやってもいいんだぞ？」

ミリィは「ひっ！」と悲鳴を上げると牢屋の奥に引っ込んだ。

それを見て見張り役は再び私の腕を引っ張って歩き出した。私はミリィを不憫《ふびん》に思いながらも、その場を後にした。

✦✧✦　✦✧✦

案内されたのはある部屋の前だった。先程の殺風景な牢屋と違い、ここは綺麗で大事な所であるのがわかる。

見張り役が扉を開けた。

「急患だ！」

私も一緒に見張り役に引きずられるようにして部屋の中に入る。部屋の中にはたくさんの瓶に入った薬や包帯、ピンセットや体温計などといった医療品が所狭しと置かれていた。消毒液の匂いがして、私は前世で学生の頃利用した保健室を思い出した。実際の保健室より薬や備品が多いが、ベッドもあり、手当する側とされる側用であろう椅子もあり、雰囲気は似ている。

おそらくここは保健室というより医務室のほうが正しいのだと思うが。

医務室の薬棚の整理をしていたのか、白衣を着て屈《かが》んでいた男性がバッと立ち上がった。

「急患？」

歳の頃は四十半ばぐらいだろうか。おそらくこの部屋の主《あるじ》である男性は、じっと私を見た。

「新しく入った転生者だが、身体が弱いらしく、今も熱があるようだ。まだこいつから必要な知識を聞き出せていない。それまで死なせないようにしてほしい。いいな？」

「……わかった」

白衣の男性が頷くと、見張り役は私を一瞥《いちべつ》することなく部屋から出ていった。

白衣の男性は私の額に手を当てた。

「……確かに熱があるな」

「そこまで高くないから大丈夫です。熱のおかげで疑われることなくここまで辿り着きましたからむしろ都合がよかった……あなたはお医者さんですか？」

「そうだ」

白衣の男性――医師は机の上の水差しからコップに水を注ぐと、それを私に差し出した。

「水分補給をしておきなさい」

「あ、はい」

私は素直に受け取って、水を口に含む。熱で火照っている身体に冷たい水が入っていくのは、とても気持ちがいい。

私から空になったコップを受け取った医師は、反対の手をスッと差し出してきた。

「私はジャスティン・ボーンだ」

「えっ」

私はその手を握る前に聞いた名前に、思わず動きを止めてしまった。

「ジャスティン・ボーンさん……？」

「そうだ」

私は改めてジャスティンさんを見る。彼は紫の髪に、藍色の瞳をしている。どう見ても似ているのに、なぜ私は一目で気付かなかったのか。

彼は私のよく知っている人物の父親だ。

「ジャスティンさん。息子さんがいますよね？」

「……どうしてそんなことを？」

ジャスティンさんが警戒したのがわかった。私は慌てて続けた。

「息子さんはグラリエル王国で私の主治医をしてくれていました。エリック・ボーン。それが彼の名前です」

ジャスティンさんが、一気に肩の力を抜いた。

「そうか……あいつは無事に逃げ切ったか」

「はい。医師としても申し分ない腕前です」

「まだまだ半人前だ」

私はエリックを天才だと思っているが、ジャスティンさんから見たらそうではないらしい。

「……まだ俺の技術を半分も伝えていない」

「ジャスティンさん……」

おそらく、教えている途中で帝国軍に捕まってしまったのだ。エリックは逃げたと言っていたから、きっとエリックも追われていたのだろう。転生者の父から医師としての知識を教わっていたからだろうか。

「……再会した時に、また色々教えてあげてください」

「そうだな……」

ジャスティンさんが顔を上げた。エリックによく似た顔だった。

「あいつが無事ならますますここから出ないとな」

「ええ。……ジャスティンさんが協力者でいいんですよね？」

「そうだ。……さあ、これを着ておきなさい」

ジャスティンさんはその辺に掛けてあった白衣の予備を私に渡してきた。私は素直にそれを着た。

「手はずは聞いているな？」

「はい」

私の返事を聞くと、ジャスティンさんは部屋の隅に置いてあったカバンを手に取った。

「君は今から俺の助手だ。いいな」

私は深く頷いた。

「はい！」


「おや、見ない顔がいるな」

皇帝は思ったより若く、穏やかそうな、綺麗な顔をした青年だった。

とても転生者を牢屋に押し込めているような人間には見えない。それが逆に恐ろしかった。

「陛下、この者は使い道のない転生者の一人でして、私の後任候補として連れてまいりました」

「見習い？」

ジャスティンさんが私を紹介する。皇帝が私を訝《いぶか》しげに見た。

「私に何かあった時、私の代わりになる人間が必要ですので」

「君はまだ若いのに？」

「四十も後半になると身体にガタがきます。それに、どんなに健康な人間でも突然死ぬことがありますので」

「縁起でもないことを言うものだな」

「真実を申し上げているだけです」

「ふむ」

皇帝は何かを探るように視線を私に向けてくる。穏やかな表情なのに、その瞳だけは冷たくて、背筋が凍る。

皇帝は面白そうに目を細めると、にこりと笑った。

「いいだろう。許可する」

「ありがとうございます」

ペコリとジャスティンさんが頭を下げて、私は無意識に止めていた息を吐いた。

ジャスティンさんは「では本日から練習として、この者に脈などを取ってもらいます」と皇帝に説明した。

「わかった」

皇帝からの許可を得て、私は皇帝と向き合った。

優しそうな表情なのに、底冷えするような瞳が恐ろしい。私はゴクリ、と唾を飲み込んでから、挨拶をする。

「よろしくお願いいたします」

「ああ。よろしく頼むよ」

目の温度は相変わらずだが、にこりと笑顔を浮かべられたので、私はジャスティンさんに目配せした。

いよいよ始まる。

私は皇帝の手を取って脈を探す。船の中で散々練習したので、すぐに見つけられた。そのまま時計で時間を見ながら脈を測る。その間にジャスティンさんは皇帝の後ろに移動した。

「……脈は正常です」

「そうか。それはよかった」

「では次に瞼《まぶた》の裏を確認させていただいてもよろしいでしょうか？」

「ああ」

私はその冷たい瞳に自らの手を近づけることに恐怖を感じ、震えそうになる手を内心叱りつけながら、もう少しで皇帝に触れる、というその時。

「随分と準備をしたようじゃないか」

「え？」

にこりと微笑む皇帝の意図が掴めなくて、私は伸ばした手をそのままに固まった。

「反乱軍は君にどんな餌を与えたのかな」

全身の身の毛がよだつ。

私がジャスティンさんの名前を呼ぶより先に、ドンッと何かが当たる音が聞こえた。

音のほうを見ると、皇帝の背後に回っていたジャスティンさんが、倒れていた。

ジャスティンさんを押し倒したのは——ミリィだ。

「ミリィ⁉　どうして……⁉」

ミリィは牢屋の中にいたはずだ。確かに鍵も閉められていた。なのにどうしてここにいるのだ。

ミリィはニヤッと笑う。

「あんたと同じで見張り役を使ったのよ。でも私が体調悪いと言っても信じてもらえないから、もっと相手の興味を引くことを言ったの。そう——クーデターが起きますよ、ってね」

ヒュッ、と私は息を呑んだ。

「何を言って……」

「あんた、私のこと馬鹿にしてたでしょ。確かに私は頭がいいわけじゃないけど、あんたとアーロンがコソコソしてることには気付いてたわよ。あんたたちに興味無さそうにして、部屋の壁とかに張り付いて聞き耳立ててたら、色々面白い話が聞けて楽しかったわ」

ミリィが船内で私とレンのやり取りを聞いていたとは思わなかった。あの初日のやり取り以来、なるべくクーデターに関する話題はしないようにしていたけれど、まったくしないということは難しく、必要最低限だけは話していた。それを聞かれたのか。いや、もしかしたら、初日のあの時も、部屋を去っていくように見せかけて、聞き耳を立てていたのかもしれない。

ミリィがクーデターについて知っているとは思っていなかった。痛恨のミスだ。

「くっ……」

ミリィに押されて倒れていたジャスティンさんが、慌てて転がっている注射器を手に取ろうとしたが、先にミリィに奪われてしまった。そしてそれをミリィは皇帝に手渡した。

「ね、私お役に立ちましたでしょ？」

「ああ。……まったく、私がせっかく信頼して手厚い待遇にしてあげたというのに、恩を仇で返すとは」

皇帝は注射器を床に落とし、踏んだ。バリン！　と注射器が割れる音が響く。

それは私が診察している間にジャスティンさんが皇帝に打つはずだった、麻酔薬が入っていた。

「死ぬ覚悟は出来ているのだろうな？」

口調も表情も柔らかいのに、有無を言わさない。

固まる私たちが面白いのか、皇帝が笑みを浮かべる。

「お前たちが来る少し前に、この娘が『重要な話がある』と言ってきてな。聞いた話も半信半疑ではあったが、注意するに越したことはないだろう？　だから、本当にそうなら、私を守るようにこの者に命じていたのだ」

ミリィが皇帝の隣でほくそ笑んだ。

「やっぱりヒロインは私だったみたいね」

ミリィは自分の身が守られると思っている。

「私、船にいる間に色々考えたの。グラリエル王国では無理だったけど、違う国なら私が主人公になれるんじゃないって」

ミリィはまるでオペラの舞台にでも立っているかのように、高揚した様子で話している。

「あなたのおかげで私、幸せになれそう。ありがとうフィオナ。安心して死んでね」

まったく悪いと思っていない顔でミリィが言った。

私は必死に頭を働かせた。今この場にミリィしかいないということは、おそらく本当にこの部屋に私たちが来る直前に話を聞いて、誰かを呼ぶ時間がなかったのだろう。

皇帝が部屋の外に応援を呼んでいなければ、まだ勝算はある。

今頃看守を気絶させて服を奪ったレンが、防犯システムを機能しないようにして、皇城の大きなシャッターのボタンを開けてくれているはずだ。

ならば、反乱軍が来るまで時間を稼がなければ。皇帝に逃げられないように。

「ミリィ、馬鹿なことはやめて。一緒に国に帰りましょう。ご両親も待ってるわよ」

この世界には、今のミリィの両親がいる。カミラの取り巻きでいられたぐらいだ。それなりに金もあり、娘に何不自由ない暮らしをさせてくれていたはず。

両親の話を出したら思い直すかと思ったが、ミリィにはまったく響いていないようだった。

「馬鹿なこと？　ええ、あんたから見たらそうでしょうね。でもね、私はあんたと国に帰っても、どうせ犯罪者になるじゃない？　だったらここで地位を確立したほうがいいわ」

「……一緒に戻っても、あなたのことは、うまく伝えて、大した罪にならないようにしてあげるわよ」

ミリィはまだ若い。彼女の未来が、私への嫉妬というそれだけで潰《つい》えるのは、胸が苦しかった。だから、うまく取り計らう予定だったのに。

「嘘つき！　そんなこと信じられるわけないでしょう⁉」

しかし、ミリィは最悪の選択をしてしまった。

「ミリィ、あなた牢屋で転生者たちがどうなったか見てたでしょう？　実際に自分も牢屋に入れられたのに……」

「私はあの人たちと違うもの！　皇帝陛下の命を守ったのよ？　特別に決まっているじゃない！」

ミリィは隣にいる皇帝にしなだれかかった。

「ね、私お役に立ったでしょう？　あなたのそばにいさせてくれますよね？」

上目遣いで訊ねると、皇帝は笑った。

「ああ、そうだな。……大事な転生者として、その知識を奪ってやるまでならな」

「――え？」

自分の予想と違う反応が返ってきて、ミリィが固まった。

「私のこと、お妃様にしてくれるんじゃ……」

「転生者ごときが何を世迷言《よまいごと》を。反乱軍の動きを教えただけで妃になれたらこれほど楽なことはない」

皇帝はミリィの腕を引き剥がした。

「お前はその辺にあるゴミと結婚できるのか？」

皇帝にとって、ミリィとは……いや、転生者とはそういうものだということだ。同じ人間なのに、なんて酷い。

「どうして……私だって……」

ミリィはショックだったのか、力無くその場に座り込んでしまった。きっと皇帝の命の恩人として大切にしてもらえると思っていたのだ。

皇帝はミリィには目もくれず、私を見て笑った。

「ふむ……だが、転生者でも、お前なら多少遊んでもよい」

皇帝が楽しそうに私に近づく。顎を掴まれて顔を舐めるように見られ、不快感に震えた。

「中々綺麗な顔をしているではないか。これなら楽しめそうだ。しばらくお前を私のオモチャ

にしてやろう」

「……冗談じゃない！」

私はその手を振り払った。

「もう今頃反乱軍が押し寄せているはず。今のうちに投降してください」

「なぜ私が？　ひれ伏すのは下民であるお前たちの専売特許だろう？」

この状況でも動じない皇帝。余裕すら感じて、私はもしかしてレンたちが失敗したのかと不安になる。

でも今は不安になったら負けだ。とにかく皇帝の前では強気でいなければ。

「その下民にあなたは皇帝の座を引きずり下ろされるんですよ」

ずっと穏やかさを携えていた皇帝の雰囲気がピリッと変わったのを肌で感じた。

「そんなことできるものか」

「できるわ。レンたちなら」

言い切る私を、目障りなものを見るような眼差しで皇帝は見る。

「あなたはあなたが見下していた存在によって倒されるのよ」

「黙れ！」

皇帝が叫んだ。

「生意気な女が。この私を倒す？　そんなことできるはずがない。この部屋の扉はこちらから鍵をかけている間は、向こうからは開けられない。乗り込んでこようが何をしようが、この部屋は要塞だ。誰も入って来られず、ただ困り果てるだけだろう」

皇帝の余裕はこれが原因か、と納得した。彼はこの部屋にいる限り自分の身は安全だと思っているのだ。

「一生ここで過ごすつもり？　水は？　食料は？　籠城するには何もかも足りないのでは？」

「誰がずっとここにいると言った？」

皇帝が鼻で笑う。

「隠し通路ぐらいある。私は外に出て、また力をつけて、そのレンとやらを反逆者として殺せばいい。私に付き従う人間は、まだまだたくさんいるのだ」

「恐怖政治で押さえつけても、結局いつか誰かが我慢できずに声を上げるわ」

「声を出せぬうちに殺せばいい」

どこまでもこの皇帝は中身がクズだ。転生者の知識を奪って成長した国だと聞いたし、おそらく彼の前の、その前の皇帝も、このような考えだったのだろう。いくつも世代を越えて受け継がれてきた凝り固まった考え方は、きっと一生直らない。

「あなたは最低だわ」

「なんとでも言えばいい。ところで……」

フッと皇帝が視線を動かした。

そこには皇帝のベッド付近に移動したジャスティンさんがいた。

皇帝は懐から出した何かをジャスティンさんに向ける。——銃だった。

パンッ！

銃声が響くと同時に誰かが倒れた音がした。音に驚いて閉じてしまった目を開ける。

「……ジャスティンさんッ！」

ジャスティンさんが皇帝のベッドのそばに倒れていた。白衣が血に染まっているのを見て悲鳴を上げて彼に駆け寄る。

「ジャスティンさん！」

横たわった彼の身体を少し抱き上げると、「うぅ……」うめき声が聞こえて生きていることにホッとした。血は右の肩から出ているようで、そこから徐々に白衣が赤くなっていく。

「簡単に殺しはしない。この私をコケにしたのだ。なぶり殺してやらなければな」

皇帝はまた銃口をジャスティンさんに向けた。

「次はどこにするか……肩を撃ったから、次は足がいいか」

私は咄嗟《とっさ》にジャスティンさんに覆いかぶさった。

「邪魔をするのか？　いいぞ、お前ごと撃ってやる」

そう言われても、私にはそこを退《ど》くという選択肢はなかった。

私は覚悟を決めて目を閉じると、ボソッとジャスティンさんが私に耳打ちした。その言葉に驚いて覆いかぶさった身体を少し起こすと、ジャスティンさんは私を見て笑った。そして、私の身体を押しのける。

「撃つなら私だけにしてくれ。この子は関係ない」

「ああ、できるなら綺麗な娘は残しておきたいからこちらも助かるよ」

皇帝がニヤリと笑ってジャスティンさんの足に狙いを定める。

ジャスティンさんがこちらにそっと目配せをした。私はジャスティンさんが心配だったが、彼の犠牲を無駄にしないためにも頷いた。

そして皇帝が引き金に手をかける。ゆっくりと見せつけるように引き金を引いていく。

まだ。まだだ。皇帝がギリギリと引き金を引いていくのを慎重に見る。あと少し……あと少し……今だ！

私は皇帝が銃を撃つ前に駆け出した。その直後にパンッと再び銃声が響いた。しかし私は振り向かない。そのままベッドのそばのある所……そう、枕元にあるボタンを押すために手を伸ばした。

パンッ！

しかし、あと一歩のところで私は腕に走った痛みで動きを止めてしまった。思わずその部分を手で押さえると、血が溢れ出した。

でもかすっただけで腕は動かすことができた。ただ、痛みが走り、敏速に動けそうにない。

「私を舐めているのか？　銃の反動で一瞬動けなくなるのを狙ったな？」

皇帝が憎々しげに私を睨みつける。おそらく彼は今まで自分に逆らった人間と直接対面したのは初めてなのかもしれない。そしてそんな人間を彼は許せないのだ。

「私をコケにするとは……残念だが生かしておけぬ」

皇帝が銃口を私に向ける。

「死ね」

ああ、ここまでか。

私は最後の悪あがきにと、最後まで皇帝を睨みつけた。

そしてその時、皇帝の背後の存在に気付いた。

その存在はそのまま皇帝の頭に花瓶を叩きつけた。

「なっ……!?」

皇帝の頭から血が流れる。それを片手で押さえながら、皇帝は後ろを振り返った。

ミリィだった。

「ふざけないでよね！　人をコケにしたのはあんたじゃないの！」

ミリィが皇帝を罵りながら、床に落ちた花瓶の破片を皇帝に投げつける。それがかすめて彼の頬から血が流れた。皇帝の身体がブルブル震える。

「小娘が！　殺してくれる！」

そして銃をミリィに向けようとしたが、その手にはもう銃はなかった。

「何……!?」

皇帝がようやく気付いて自身の足元を見ると、そこには花瓶を叩きつけられた衝撃で落とした銃があった。

そして皇帝は視線を私に向けた。

そう……この部屋を開けるボタンを押した私を。

「貴様ぁぁぁ！」

皇帝の叫びとともに扉が開き始め、雄叫《おたけ》びが聞こえた。きっとかなりの人数がいるはずだ。これだけ大きな声がしていたのに、何も聞こえなかったなんて。この部屋は相当な防音効果のある部屋なのだろう。

皇帝が私を睨みつける。

「なんということを……この女！」

皇帝がブルブルと震えている。怒りか恐怖か。その両方か。

私は彼に向かってにこりと笑った。

「死ね、クソ野郎」

私の言葉にこめかみをピクリとさせた皇帝は、拾った銃を私に向ける。もう皇帝は引き金を引く寸前だった。避けられない。

「死ねこのゴミめがぁぁぁぁ！」

私は目を瞑った。

ああ、帰れなかった。でも私の選択は間違っていないと思う。

この腐った帝国を潰せて、転生者を救う手助けをしたのだから、頑張ったわよね、私。

ふと、私の脳裏にルイスが浮かんだ。デートの途中でいなくなって、きっとすごく心配してる。ただでさえ過保護なのに。

――帰れなくてごめんね。

しかし、急に腕を引かれ、誰かに抱きしめられた。

そして大きな銃声が聞こえた。でも私は撃たれていない。

私はパチリと目を開く。

痛みはない。間違いない、今撃たれたのは、別の人間だ。

「ゴミはお前だ」

耳にルイスの声が聞こえた。

私は恐る恐る顔を上げた。

「……ルイス?」

そこにいたのは、ルイスだった。

ルイス? 本物?

私はそっとルイスの頬に触れる。確かに温かな肌の感触がする。夢じゃない。

「ルイス?」

「遅くなってごめん、フィオナ」

ルイス。ルイス。ルイス!

私はルイスに抱きついた。

「こ、怖かったぁ!」

「そうだよな、ごめんな」

「が、頑張ったぁ！」

「そうだな、偉いな」

今まで我慢していたものが、全部溢れ出したように、涙が止まらない。ここまでどんなに怖くても泣かなかったのに。

ズビズビ泣いてルイスにしがみつく。ルイス……本物だ。私のことを守ってくれた。

ルイスはハンカチを取り出すと、私の顔を拭う。

「ほら、鼻水まで出てるぞ」

「うっ」

子供のように鼻水まで拭かれてしまって、少し冷静になった。涙も止まった。

「あの、皇帝は？」

私は皇帝がいたであろう場所を見ようとしたが、ルイスの手に遮られた。

「見ないほうがいい」

ルイスがそう言うということは、撃たれたのは皇帝で、おそらく撃ったのはルイスだ。

「ルイス、いつ銃なんて？」

「ここに来る前に習った。帝国と戦うなら必要だと言われて」

手に持っていた銃をルイスが仕舞う。

「そもそも、どうやってここに？」

「フィオナがいなくなって、帝国に連れていかれたんじゃないかってエリックが言ったんだ。

それでエリックの協力のもと、最短で帝国に来られるルートで船を出して、なんとか追いついたんだ。それで、反乱軍の情報を聞いて、彼らと協力して帝国を倒すことにした」

「エリックが？」

「エリックはこの国出身だろう？　それにエリックも、父親が転生者だったらしい」

ルイスの口から転生者という言葉を聞いて驚いた。

「転生者について聞いたの？」

「ああ」

ルイスが私の手を握る。

「フィオナもそうなんだろう？」

「……うん」

知っているなら、もう嘘をつく必要はない。だけど、転生者であることをルイスにどう思われるか。私は不安になった。私は確かにこの世界で生まれ育ったフィオナ・エリオールだけど、前世の記憶を持った異質な存在であることに変わりはない。

「フィオナが転生者だったなら、今までのことも説明が付く。フィオナは前世の知識で健康になろうとしたんだな」

「うん……前世の記憶を取り戻したのが、あの、頭を打って何日か寝込んでいたことがあるでしょう？　あの時で……」

「そういえば、あの時から、フィオナの行動は変わったな」

あの時から変わったことには気付いていたらしい。

どうなんだろう。元のフィオナとは違うと言われるのだろうか。初恋のフィオナを返せと思っているだろうか。

私がルイスの次の言葉を恐れていると、ルイスはまるでそれを察したように、私の頭に軽く手を乗せた。

「でもフィオナはフィオナだろう?」

ルイスの言葉に、私は俯《うつむ》いた顔を上げた。

「え?」

「そうだろう? 誰か別の人間が乗り移ったわけでもないし。出会った時から今まで、フィオナはフィオナだっただろう?」

私は私。

ルイスの言葉を聞いて、私は再び瞳から涙を流した。まるで涙腺が崩壊したかのように涙が溢れて止まらない。

「ど、どうした⁉ どこか痛いのか⁉ 何かされたのか⁉」

ルイスが私の涙にうろたえる。さっきビービー泣いた時は平気そうだったのに、変なの。

「違うの」

私はずっと、元のフィオナを奪ったのではないかと思っていたのだ。

本来ならフィオナは前世の記憶などなかったはず。でも私は記憶があることで、本来のフィオナとは違う。だから、ずっとどこかで罪悪感があったのだ。

だけど違った。私は生まれた時から私だ。間違いなく、他の誰かの人生を奪っていない。

フィオナは間違いなく私だ。

「ありがとう、ルイス……ありがとう」

静かに泣く私に、ルイスはただ頭を撫でてくれた。

「……なんなの？　なんなのよ！」

皇帝に花瓶の破片を投げつけたあと、呆然としていたミリィが、ようやく気を取り直したようで、私とルイスに向けて叫んだ。

怒りを顕《あらわ》にするその醜い顔に、私は涙が引っ込んだ。感動していたのに……。

「なんで同じ転生者なのに、あんただけおいしい思いしてるのよ！　皇帝といい、ルイス様といい……ルイス様だって本当は私のものなのよ!?」

ルイスが理解できないものを見るような顔でミリィを見た。そして私に訊ねてくる。

「彼女はちょっと頭がおかしいのか……？」

「彼女も転生者なんだけど、どうも前世と今の区別がつかないみたいなのよね……」

「ちょっと！　ルイス様の前で私の悪口言わないで！」

悪口ではなく事実を言っているだけなのだが。

ミリィは私に見せる醜い顔とは違い、可愛らしく笑ってルイスに近づいた。

「ルイス様、私も転生者です。私も誘拐されたんです。可哀想でしょう？」

ミリィがルイスにしがみつこうとするが、手が触れる前に避《よ》けられた。

「可哀想？　そもそもフィオナを誘拐したのは君だろう？　自業自得では？」

冷めた目でミリィを見るルイスに、ミリィはショックを受ける。

「なんで？　私だって悪役令嬢だったら、ルイス様は私に優しくしてくれたはずなのに……ううん、ヒロインならよかった？　どうして？　私だってなりたくてモブになったわけじゃないのに！」

ミリィが叫ぶ。切実なその声も、私とルイスの心には響かなかった。

うっうっ、と声を出して泣くミリィの肩に手を置いた。

「ミリィ」

声をかけると、その手をパンッと払われる。

「何よ！　憐《あわ》れむつもり？　いいわよね、あんたは転生ガチャ引き当てて！　私は運がないって言いたいんでしょう⁉」

「そうじゃないわ」

私はミリィの言葉に首を振った。

「あなたの言いたいこともわからないでもないの。私ももしフィオナじゃなかったら違う人生だっただろうとは思うし。でもね、どんな誰になろうと、中身は自分なのよ」

「何が言いたいのよ」

ギロッと睨まれ、私はため息を吐いた。

「わからない？　あなたの行動が、言動が、あなたに優しくしてくれる人を失くしてるってこと」

「はあ？」

やはりわかっていないようなので、私ははっきり言ってあげることにする。きっとここで教えてあげることが、今後の彼女のためだ。

「あなた性格が悪すぎるのよ。その性格だと悪役令嬢に転生しようが、ヒロインに転生しようが、無理よ」

「な、な、な」

「ゲームなら性格悪かろうと選択肢で仲良くなれるから問題ないけど、現実はそうじゃないの。いいかげん、わかるでしょう？」

ミリィがブルブルと身体を震わせる。

「こ、この……あんただってどうせ前世引きこもりだったくせに！」

「私はきちんと社会人して生きてました」

「はあ？　なんであんたみたいなのが……私は就職できなかったのに！」

その性格のせいだと思う。

「なんなの。せっかく私に優しい世界に転生できたと思ったのに……」

ミリィの切実な声に、私は返した。

「優しさには優しさで返さないといけないの。ただ自分に都合のいいだけの世界なんて、存在しないのよ」

「……」

ミリィはもう話す気力もなくなったのか、黙ってしまった。

「話は終わったかな？」

部屋に入るのを待っていたらしいジェレミー殿下が、こちらに声をかけてから中に入ってきた。

「ジェレミー殿下！」

「俺もいるぞ」

「ニック！」

ジェレミー殿下の後ろから、ニックが現れた。

「サディアスは指示役として外で待機してもらっている」

「みんな来てくれたの？」

「当たり前だろ！　俺たちの友達が攫われたんだぞ！」

ニック、私のこと友達だと思ってくれてたのね……。ごめんね、私あなたのことただの筋肉バカだと思ってた……次からもっと優しくする。

ニックの言葉がじぃんと染み入る。ミリィと話したあとだと尚更だ。

「アリス嬢も来ると言って聞かなかったけど、カミラに説得してもらって国で待ってもらっている」

「ああ……」

その光景が目に浮かんで私は遠い目をした。きっと剣を持って戦に参加しようとしたのだろう。アリス、すごい子よ、あなた……。

「君」

「は、はい！」

ミリィがジェレミー殿下に声をかけられて、期待を込めた視線を向ける。

「君は我が国の罪人として連れていかせてもらう。問題はないな？　新たな皇帝？」

「ああ、好きにしてくれ」

新たな皇帝、と言われた人物は、先程まで私たちと一緒にいた人物だった。

「レン！」

レンは笑みを浮かべていた。

「あなたが皇帝になるの？」

「ああ。おそらくは。一応反乱軍のリーダーだからな。今の皇室の作った政治の仕組みはすべて解体して、国民のためになる国を作ろうと思う」

私はレンに笑いかけた。

「あなたならできると思うわ」

「ありがとう。もう二度と転生者も国民も、苦しむことがない国を作る」

レンの決意を聞いて、ジェレミー殿下が頷いた。

「そうしてくれると助かるよ。君の働きをうちも支援しよう」

「感謝する」

「うちの国にスパイしていたことも、許すよ」

「それに関しては詫びよう」

心配していた両国の衝突もなさそうでホッとする。関係が悪化してもおかしくないし、グラリエル王国から戦争をしかけられても仕方のない状況だが、ジェレミー殿下は彼の行いを許すようだ。

「フィオナ嬢も無事だったし、この国の技術にも興味があるからね」

ジェレミー殿下がキラキラした瞳で「で、これ、どういう仕組み？」と扉についてレンに訊ねていた。レンが丁寧に説明すると、ジェレミー殿下の瞳がさらに輝いた。

初めてこんなすごい機械やシステム見たら興奮するわよね、わかる。でも今小声で「これカミラにも使えるかな……」って言ったのが聞こえた。使っちゃダメです。

ミリィがグラリエル王国の兵士に連行されるのが見えた。最後まで私を睨んでいて、私の言ったことがどれだけ彼女に伝わったかはわからなかった。彼女はずっと誰かのせいで自分は不幸だと思って生きていくのだろうか。

「フィオナ」

ルイスが私に手を差し出してくれる。

「帰ろう、一緒に」

その言葉に胸が熱くなる。

「うん、帰ろう」

私はルイスの手を取った。

「ルイス……」

「なんだ？」

「もう限界」

私はその言葉を最後に視界がブラックアウトした。

ルイスの私を呼ぶ声が遠くに聞こえる。

病弱な身体での長旅。ストレスによって弱った身体。発熱している現在。よく持ったほうだと思う。

私は意識を手放しながらも、ルイスの温もりを感じていた。

ああ、やっと帰れる。この温かな腕の中に。

――帰ろう。私たちの国に。

エピローグ

大急ぎで帰国したが、元々船の旅だ。それなりの日数を船で過ごしたが、完全に弱った私はほぼほぼ船上を寝たきりで過ごし、ルイスの手厚い看病を受けていた。

ルイスはせっかくの機会だからと簡単な処置などをジャスティンさんから教わっていた。ジャスティンさんも、致命傷は避けられたものの、右肩と左足を撃たれ、自由に動くことができないので、これ幸いとルイスに色々教え込んでいた。

「これで簡単なものなら俺が直接看病してあげられるな」

ルイスは上機嫌だった。病人の看病って一般的に面倒くさいことの部類に入ると思うんだけど、ルイスは何が嬉しいんだろう……。

ジャスティンさんに言ったら「そういう部類の人間も存在する」としか答えてくれなかった。

そんなわけで国に着いてももちろん寝たきり生活に突入した。私はなぜか実家ではなくルイスの家でお世話になっていた。いや、本当になんで？

半月ほどかけてゆっくり食事などに気をつけながら軽く歩くなどの運動も取り入れていき、なんとか前よりちょっと体力の低下は否めないが、日常生活を過ごせるだろうというほどに回復した時に、ようやく家族と会うことができた。ちなみに免疫力も下がっていたから人に会うのはよくないとのことで、国に戻ってからハントン家の人間にしか会っていなかった。

久しぶりに会う兄は、顔から色々垂れ流していた。

「フィオナ～～！　心配したんだぞぉ!!」

兄が鼻水を垂らしながら号泣して私に抱きついてきた。やだ、もしかしたら私たち兄妹、号泣した時の泣き方が同じかもしれない。私は船で鼻水を流しながらルイスの前で泣いたことを思い出して複雑な気分になった。

「心配させてごめんね、みんな。お兄様、汚いから離れて」

「妹が冷たいッ！」

兄はしばらくしがみついていたが、みんなに引き剥がされて渋々私から離れながら号泣していた。とりあえず鼻水は拭いてほしい。

「お嬢様」

「わっ！　びっくりした」

無表情のアンネが無表情で滝のような涙を流していた。怖いよ。

「私はお嬢様に何かがあったらともに死のうと思っておりました」

怖いよ。

「そんな大袈裟な」

「大袈裟じゃないのよフィオナ」

母がいささか疲れた顔をして言った。

「『お嬢様を取り戻すには黒魔術しかない』と言って部屋中に変な陣を書いたり、『やはり神に祈ろう』と言って聖水を身体にぶちまけて教会に行ったり、かと思えば『やはり切腹しなければ』と短剣を腹に刺そうとするし」

「切腹はジャポーネの文化らしいです。この間覚えました」

それは覚えなくていい。

どうやら私がいない間大変だったらしい。

「心配かけてごめんね、アンネ」

「戻ってきてくだされればそれだけでいいのです。でも次消える時はかならずこのアンネも連れていってください」

誘拐って、侍女も一緒にお願いしますと言ってしてくれるものだろうか。

アンネをヨシヨシと慰めていると、父が言った。

「フィオナ、ルイスくんにはお礼を言ったか？」

「え？」

「ちゃんと我が家からも何かしないとな。ずっとフィオナのことを休む間もなく捜してくれて、迷うことなく帝国行きの船に、国の兵士たちと一緒に飛び乗ってくれたんだぞ。そしてフィオナの体調が良くなるように、ハントン家でフィオナの看病をしてくれていたんだ」

「そうだったんだ……」

ルイスは貴族ではあるが、国の兵士ではない。騎士であるニックや、次期宰相であるサディアスや、王太子であるジェレミー殿下は国の中枢の人間だから、国のために戦うことはある。

だけど、ルイスはそうではない。高位貴族ではあるが、召集があった時以外で戦に出る必要はない。

だけど、ルイスは躊躇うことなく、これから戦いに出る船に乗った。

私のために。

「ルイス……」

私を助けるためにルイスがどれだけ動いてくれたのか。想像できないぐらい大変だったに違いない。

「私ルイスにお礼を言わないとね」

「そうだな。ところで、そろそろ体調も良くなったようだし、家に帰らないか？」

「あ、そうよね」

もう身体の調子もすっかり良くなった。看病という名目でこの家にいる必要はない。意外と住み心地がよくて、つい長居してしまった。

「そうね。お礼を伝えて、そのことも言ってみる」

そう言うと、父と兄は嬉しそうに頷いた。

「よかった……このままお嫁に行ったらどうしようかと……」

「お兄ちゃん寂しくて死んじゃいそうだった……まだ嫁入りは早いよ……」

メソメソしている二人に、私は乾いた笑みしか返せなかった。

「もう二人とも」

そこに割って入ったのは母だ。

「もうほぼ嫁入りしているようなものだから諦めなさい」

お母様？

「お嬢様の嫁入りには私は必ずどこまでもついて行きます」

黒魔術を封印してくれたらね。アンネ。

母の言葉に父と兄はショックを受けたのかシクシク泣き始めてしまったので、そのままご帰宅いただだいた。

病み上がりに鬱陶しい……。

✦✧✦ ✦✧✦

執務室でおばあ様といると聞いたので伺ったら、ルイスが驚いた顔をしていた。

「フィオナ⁉　休んでいなくていいのか？　フィオナのために作った部屋が落ち着かないか？それとも俺の部屋で休むか？」

待って、もしかして私が今までお世話になっていた部屋って、私の部屋だったの？　まだ結婚の話も進んでいないのに私の部屋を作った？　家具とかも私好みだったけどもしかして内装も全部出来上がってる？　聞いていいのだろうか。いや、聞き流そう。

「大変だったそうじゃないか」

あの痩せ衰えていた時より、だいぶ元気になったおばあ様が私をジロッと見る。

「ええ、まあ……色々巻き込まれてしまいまして……」

「転生者だって？　前世の知識があるなんてお得な気がするけど、それで狙われたらわけないね」

「その通りですね……」

前世の知識はあれば便利だけど、それで命を狙われるのは割に合わない。

「安心しな。もう二度と誘拐されないように、うちで徹底的に守ってやるからね」

「ありがとうございます」

お金の有り余っているハントン家の徹底した守りというのが恐ろしすぎる気がするが、断るのも変なので、受け入れておく。とんでもない数の護衛とか付けられたらさすがに断ろう。

おばあ様は私をじろりと見た。

「ふん、痩せたんじゃないか？　あたしにあれこれ食べろと言う割に自分は食べてないんだろう？　今食べ物を用意してやるからたんまり食べな」

おばあ様は有言実行の女だった。

食卓にズラリと並んだ食事に、食欲はそそられるが、食べ切れる気はしなかった。

「ほら、お食べ。若い娘が遠慮するんじゃないよ！」

「あ、ありがとうございます」

使用人にやらせればいいものを、おばあ様は自ら食事を取り分けてくださった。私は感謝を述べて、それを受け取る。

おいしい。

「おいしいです」

「ふん。あんたのために一流シェフを新しく雇い入れたからね。おいしくなかったら困るよ」

「おばあ様はフィオナが気に入ってるんだ。この食事も無事に戻ってこられてよかったね、という気持ちだよ」

「ルイス！　余計なこと言うんじゃないよ！」

ルイスのおばあ様がプリプリ怒るが、怖くない。照れていることがわかるからだ。

「ふん。……それで、あんたたちはいつ結婚するんだい」

おばあ様のセリフに食べていたものが口から出そうになる。ルイスも同じだったようで、咳き込みながら、同じように咳き込む私の背中をトントン叩いてくれた。優しい。

「おばあ様、いきなりそんなこと言わなくても」

「じゃあいつならいいんだい？　家に連れ込んで半月も看病という名目で一緒に暮らしてるんだよ、あんたたちは。婚約してからも、何年経ってると思ってるんだい？　途中仲違いしてる様子だったから見守っていたけどね、仲直りしたならさっさと結婚しな」

「け、結婚……」

そう……そうよね。私とルイス、いつ結婚しても支障はないし、なんなら今すぐでもいいのよね。

結婚？　ルイスと？

私は正装したルイスと、彼の隣に並んだ私を想像した。うん、良い……。

私が楽しく想像している横で、ルイスが「おばあ様」と声を出した。

「フィオナとは彼女が納得してからゆっくりことを進めると言ったではないですか」

「ゆっくりすぎるんだよ。このババアの寿命が尽きちまうよ」

「そういう人に限って怪物並みに長生きするから大丈夫ですよ」

「実の祖母を化け物扱いするんじゃないよ」

親子喧嘩ならぬ祖母孫喧嘩を始めた二人を、仲がいいなあと見つめていたら、ルイスが立ち上がった。どうやらルイスの負けらしい。

「フィオナ、外の空気を吸いに行こうか」

「あ、うん」

「庭デートも粋なもんだね」

「おばあ様！」

ルイスに咎められて、おばあ様はルイスをからかうのをやめた。

ルイスは私の手を引いて歩き、一緒に庭に出る。

前に来た時と変わらず、ハントン家の庭は美しかった。

私が花に触れていると、ルイスが少し気まずそうな声を出した。

「フィオナ、その、おばあ様がごめん」

「え?」

「フィオナの気持ちを無視するようなことを……」

あ、と先程の「さっさと結婚しろ」発言を思い出す。

「いや、別に……」

気にしてないどころか、結婚式の様子を想像してしまった。

「あの……」

「フィオナに俺への気持ちがないことはわかってるんだ」

……うん?

聞き捨てならないセリフが聞こえた。モジモジしていた私はその気恥ずかしい気持ちも忘れてルイスを見た。

「フィオナが……本当は俺と婚約破棄したい気持ちも知っている。だけど、俺はフィオナと結婚したくて……ずるいことだとわかってるんだ」

あ……。

そうだ。私はこの場所で、ルイスに婚約破棄をお願いしたんだ。

そのことが、ずっと彼を苦しめていたんだと、今気付いた。

あの時の私は、この世界がゲームの世界だと知って、ルイスのことも信じられなかった。今なんと言っていても、ヒロインのアリスに出会ったらきっと変わってしまうと……そう思っていた。

だけど、ルイスはアリスに出会っても変わらなかったし、どんな時でも私を第一に考えてくれた。

「ルイス」

そんな彼に、私もきちんと気持ちを伝えないと。

私はルイスの目を見て言った。

「好きです」

「え……?」

ルイスが信じられないという顔で私を見た。私はまっすぐルイスを見てもう一度言った。

「ルイスが好き」

サァ、と風が吹いて、お互いの髪が揺れた。

髪を押さえようとすると、それより先にルイスがそっと私の髪に手を伸ばした。

「フィオナ」

私の顔に触れるのかと思うぐらい顔を近づけて。

「もう一度言って」

私はルイスにもう一度言った。

「好き」

ルイスが私を抱きしめた。

痛いぐらいの腕の力に、私も彼の背中に手を伸ばして、そっとトントンと背中を叩いた。

「フィオナ」

「うん？」

「結婚しようか」

私は笑みを浮かべて言った。

「うん」

ルイスが私を抱きしめる腕の力を抜いた。そしてそのまま私を持ち上げる。

「わっ」

「フィオナは軽くて妖精みたいだな」

ルイスが楽しそうに笑う。

「また冗談ばかり」

「本当だよ」

ルイスが私を持ち上げたまま言う。

「本当にいつか消えてしまいそうだ」

「ルイス……」

「……私は人間だから消えないけど」

ルイスが私の額にキスをする。

私はキスされた額を押さえた。

「過保護すぎると逃げちゃうかも」

私の言葉にルイスはポカンとしたあと、ブハッと吹き出した。

「それは困るな」

「でしょ？　だからほどほどにして」

「でもフィオナが心配だし」

ルイスが私の顔に、その美しい顔を近付けた。

唇に触れる熱さに目眩がする。

「少しの過保護は許してくれないか？」

私はわざと頬を膨らませた。

「少し？」

「……ちょっと」

「本当に？」

私の問いに、ルイスは観念する。

「だいぶ過保護でも逃げないでくれるか？」

私はプッと笑ってルイスに抱きついた。

「仕方ないから一生一緒にいてあげる」

笑いながら、今度は私からルイスにキスをした。

番外編　一　その後

「改めまして。エリックの父の、ジャスティン・ボーンだ」

エリックによく似た風貌のジャスティンさんが、こちらに頭を下げた。エリックと並ぶとその容姿の相似がさらによくわかる。エリックはきっと数年したら今のジャスティンさんにそっくりになるのだろう。

「息子がお世話になったようで、感謝する……してます」

「船では敬語じゃなかったし、いいですよ、話しやすいほうで」

「だが、これからは雇用主になるわけだから……」

「エリックも敬語じゃないですし、そのほうが慣れているので私も助かります。ほら、ストレスはないほうが身体にいいでしょう？」

無理に敬語を使われるとこちらのほうにストレスかかると伝えると、ジャスティンさんは少しだけ迷ったあとに、敬語をやめた。

「そのほうがいいならそうしよう」

「ええ、そのほうがやりやすいです」

「それにしても……」

ジャスティンさんがエリックを見る。ポンポンと頭を叩きながら、嬉しそうな表情を浮かべた。

「この子があなたの主治医をするとは……立派になったものだ」

ずっと離れ離れで暮らしていたから、息子の成長が嬉しいのだろう。

エリックも「やめてよ」と言いながら満更《まんざら》でもなさそうだ。あのエリックも父親の前ではただの子供だ。

「これからはハントン家の主治医として尽力する。仕事も紹介してくれて感謝している。ありがとう」

「いいえ、こちらこそ。おかげでこうして無事に帰って来られましたから」

ぺこりと頭を下げられ、こちらも頭を下げる。

ジャスティンさんが皇帝の部屋の鍵を開けるボタンの位置を調べていてくれて、私に教えてくれたから無事に皇帝を倒すこともでき、こうして帰って来られたのだ。命懸けで私にすべてを託してくれた彼には感謝しかない。

ハントン家の主治医だから、ジャスティンさんはこのままハントン家で暮らすことになった。今ハントン家では私も暮らしているから、エリックもハントン家でジャスティンさんと暮らすことになった。数年ぶりの親子での生活に、二人とも嬉しさが隠せていない。

そして私は結局あのルイスと両想いになった日に、家に帰ると言うのを言い忘れ、そのままズルズルとハントン家に住んでいる。私は帰ることができるのだろうか……兄からの帰ってこいコール塗《まみ》れの手紙の返信が最近煩わしい。

何はともあれ、おばあ様を見てくれる優秀な医師もできて、一安心だ。ジャスティンさんは転生者だというし、この世界の誰よりもきっと医学知識があるはずだ。

「ほら、もう挨拶はいいから、行っておいでよ」

エリックにグイグイ背中を押されて、馬車に乗り込む。馬車の中ではすでにルイスが待っていた。

今日は王宮に行く日だ。

「体調はバッチリ。いっぱい遊んでおいで」

まるで親が子供に言うようなエリックのセリフを聞きながら、馬車が出発した。

「エリックも嬉しそうね」

「そうだな」

皇城に囚われていた人々は、みんな解放された。家族のもとに帰ることができた人々は、みんな喜んでいた。

レンは前皇帝が貯《た》め込んでいた国のお金を使って、今は貧民支援に尽力しているらしい。それでも疲弊した国を立て直すにはお金が足りなくて、苦労しているそうだが、それでも抑圧から解放された国民は生き生きとしているそうだ。早くあの国の人々が安心して暮らせる国になりますように。

私を誘拐したことへの賠償と、皇帝を討つことに尽力してくれたグラリエル王国への褒賞として、お金で解決を、という話も出たようだが、帝国の現状を慮《おもんぱか》ったのと、被害者である私がそうしてほしいと訴えたこともあり、帝国からは技術提供を受けることとなった。

まだこの世界にはない技術が帝国にはある。それは金銭以上の価値があるものだと、帝国からの技術提供ではなく金での解決を、と訴えていた一部の人々も、今は納得してくれている。

それだけ帝国の技術はこの国に衝撃を与えたのだ。

「カミラ様たちに会うのも久々だわ」

なにせ、ずっと寝込んでいたから。

本当に弱いこの身体。でも生きるか死ぬかの大勝負をやり遂げたのだから、これぐらいで済んでよかったと思うべきだろう。

「サディアスは帝国にまだいるんだっけ？」

「ああ。あちらの技術を教えてもらいにな。こっちの国と帝国とが繋がる通信機でこちらとはやり取りしてる。たまに『ホワイトマスク一号……ホワイトマスク一号はいますか……』という呪いのメッセージが入ると聞いたな」

サディアス……。

その光景が目に浮かんで私は苦笑した。

新しい技術を学ぶのは大変なのだろう。だが、それが手に入ったら、国に大きな発展をもたらすはずだ。ここで踏ん張って頑張ってもらいたい。

今度その通信機でルビーを映してあげようと思った。

✦✧✦ ✦✧✦

「フィオナ様～～！　無事でよかったぁ！」

アリスが泣きながら抱きついてきた。く、苦しい！　アリス、ニックと特訓続けてるわね⁉

筋肉ついてきてるわね⁉

「私も助けに行こうと思ったんですけどみんなに止められましたぁ」

「止めましたわ、全力で」

カミラがその時を思い出しているのか遠い目をした。お、お疲れ様です……。

ルイスは私と別れてジェレミー殿下に会いに行った。話があるらしい。

アリスとカミラは顔見知りらしく、楽しそうに会話をしていた。

「二人って知り合いでしたっけ？」

「いいえ。フィオナ様がいなくなったと聞いて、いても立ってもいられず駆けつけたんです！」

「フィオナ様の顔見知りにも行方を知らないか訊ねましたからね。そうしたら彼女が王宮まで来てくれたのです」

「意外と面白い人で楽しいですカミラ様！」

「あなたのほうが愉快すぎると思いますわ」

まさかの二人が仲良くなっていて驚きである。ゲームでは天敵だったのに。

「それより、ごめんなさいね」

「え？」

「まさか、ミリィさんがあんなことを仕出かすなんて……」

カミラはどうやらミリィのことで、私に申し訳なく思っているらしい。

「いいえ、カミラ様のせいじゃ……！」

「でも、私がフィオナ様と彼女を近付けてしまったのは確かですもの。そうしなければ、フィオナ様は彼女に警戒して、もしかしたら攫われずに済んでいたかもしれませんのに」

カミラはあの一件ですっかり落ち込んでしまったらしい。確かに出会いはカミラ経由だったが、カミラのせいで起こった事件ではないのに。

どうしたものか、と、ふと窓のほうに視線をやると、なんとジェレミー殿下と目が合った。

やあ、と手を振っているが、ジェレミー殿下、堂々とストーカーしすぎでは？　両想いになったからもう隠す必要ないってこと？　あとルイスは？　ニックは？　まさか撒《ま》いてきたの？

「どうかしました？」

私の視線の先が気になったのか、カミラが窓を見るが、その瞬間にはジェレミー殿下はいなくなっていた。早い。

「何もいませんわね」

「えっと、天気がいいなあ、と思いまして」

私の誤魔化しに、カミラは納得したのか、それ以上突っ込まなかった。

しかし、窓の外にジェレミー殿下は復活していた。ストーカー続行すんの⁉

しかも何かジェスチャーで伝えてくる。え？　何ハンカチを取り出して……シクシク……あぁ、カミラが泣いてる？　あ、悲しんでるってこと？　で、なになに？　それを？　慰めてくれ？

カミラがミリィのことでショックを受けているからフォローしてほしいと言いたいらしい。

確かに、当事者である私でないと、カミラの慰めにはならないだろう。彼女は責任感が強いから、一生引きずってしまうかもしれない。それは私も避けたい。

「本当に、カミラ様のせいではありません」

「でも……」

「元々転生者として帝国は私に目をつけていたそうです。なのでミリィの件がなくても、いずれ連れ去られていたのではないかと思います」

レンは前から転生者がいないか見つけるためにこの王宮で働いていたし、私に目星はつけていたらしい。たまたまいいタイミングでミリィが誘拐を企て、レンがそれに乗っかっただけだ。ミリィが計画していなくても、彼はいずれ私を攫ったはずだ。彼には成し遂げなければならないことがあったから。

「そうなのですか？」

「はい。現皇帝がそのようなことを言っていたので」

幾分カミラの気が晴れたようで、暗い顔が和らいだ。

「そうですか……」

「はい！　だから気にしないでください！　それに結果的によかったと思います！」

「よかった？」

「グラリエル王国がクーデターに参戦したことで、新リビエン帝国の方たちに恩を売れました。彼らはこれから友好国として、この国を支えてくれます」

その見返りとして、今は最新技術を教えてくれているのだ。

「それとこれとは話が別です。結果論ではありませんか」

「は、はい」

カミラにピシャリと反論された。

「まったく、ご令嬢だというのに政治家のようなことを言って」

ご、ごめんなさい……。

「確かに我が国には恩恵がありますが、あなたにはないでしょう？　何も得をしていないではないですか」

あれ……言われてみたら、そう、だな……。

いや、でも。

「でも、それで転生者だということを正直に言えるようになって、ルイスとも仲良くなれたので……」

そう、あの事件がなかったら、きっと私は一生転生者であることを秘密にして生きていったはずだ。

「私も堂々と言えるようになって嬉しいです！　ところでカミラ様、本当にこの世界、ドラゴンいないんですか⁉」

「いません」

「そんなぁ～」

アリスはまだ諦めていないらしい。そんなにドラゴン好きなんだね……。

「私、フィオナ様の誘拐事件の一件で決めたんです！　騎士になると！」

「え？」

「だってそうしたら今度は私も一緒に戦いに行けるでしょう⁉　私悔しかったんですよ⁉　貴族の令嬢だからって言われて……もー！　絶対に男に負けない騎士になってみせます！」

これはニックルートにいったと思っていいのだろうか？　いや、私との友達ルートな感じがするな。

興奮するアリスにケーキを勧めながら、カミラが言った。

「まあ、わたくしもいずれ王家に嫁ぐ身。王家が受けた恩はいずれ返さなければなりません。何か願いができたら言ってください。末代まで有効です」

「そんな……気にしなくても……」

「契約書を作りましたから、サインを」

「契約書作ったんですか⁉」

こういうの口約束じゃないの⁉　カミラ様真面目！

まあ、私が願いなどなくても、将来自分の子や孫が困った時に何か使えるかもしれないし、と思い、サインをする。

「これで契約されました。いつでも願いを言ってくれて大丈夫ですわ。こちらがそちらの控えの契約書です」

「ありがとうございます」

えらいものを手に入れてしまった。家に帰ったら金庫に入れよう。いや、ルイスに預けたほうがいいかも。

「あ、そうそう。もうあの話は聞きました？」

カミラ様が話題を変えた。

「あの話？」

「まだ聞いていませんか？　フィオナ様がリビエン帝国の新皇帝の戴冠式に参加して、功労者としてパレードに出られること」

「ぱれーど？」

「パレード」

ハッキリ言われるが、初耳にも程がある。

きっと私は目が点になっていたと思う。

戴冠式？　功労者？　パレード？　何それ？

✦✧✦ ✦✧✦

「ルイスー！」

私は王宮にいるルイスを見付けて詰め寄った。

「フィオナ」

私を見付けてルイスがパァッと顔を明るくする。くっ、顔がいいし反応が可愛い……じゃなくて！

「パレードに参加ってどういうこと⁉」

「聞いたのか？　実は皇帝が戴冠式をする際、今回の功労者として俺たちも呼ばれてるんだ。ほら、今王宮の人たちとも着る服のデザインを相談してて」

「今日服のデザインのために来たの⁉」

ジェレミー殿下と話すんじゃなかったの⁉　この話し合いだからジェレミー殿下なしでもよかったの⁉

「国で服を合わせたほうがいいだろうという話になって。フィオナはどれがいい？」

「え、あ、じゃあこれ」

「これで」

「かしこまりました」

「って違う！」

デザインを見せられたからつい答えてしまったが、そうじゃない！

「パレードって何するの？　何か喋ったりするの!?」

「いや、ただ屋根のない派手な馬車に乗って人々に手を振るだけだ」

派手な馬車に乗って手を振る……？

なんか王族とかが正装して車から手を振るイメージしかわかないんだけど、そういうので合ってる!?

「気負わなくていい。俺もいるし、王太子殿下たちも参加される」

本当に？　大丈夫？　でもルイスがいるなら大丈夫かな。

「こういうのはちゃんと言って」

「ごめん」

拗ねた私の頬をルイスが突く。楽しそうにツンツンするが、何が楽しいのだか。

「お二人は仲がよろしいんですね」

その声に、今二人きりじゃなかったとハッとする。

衣装の打ち合わせをしていた王宮の人は、ニコニコと穏やかに微笑んでいた。

「あ、あの、いや」

「そうなんだ。仲良しでもうすぐ結婚する。式は丘の上の一等地の教会で挙げて、ウェディングドレスはフィオナに苦しくないようにまた特注でナタリーさんに頼もう。ハントン家の庭の花を散らしたり、趣向凝らした催しもあったら……」

「ルイス、結構結婚式への夢があるのね⁉」

「当たり前だ。ずっと想像していた」

ず、ずっと……。

そう言われると恥ずかしいけど嬉しい。

ルイスと結婚。したいけど……。

「も、もう少し恋人期間も楽しみたいかも……」

恥ずかしくなりながらルイスから顔を逸らして言うと、ルイスの肩が震えたのがわかった。

何？

「フィオナ！」

「きゃっ！　何⁉」

急に抱きつかれてそのままクルクル回る。

「わ、危ないって！」

「うちのフィオナが可愛い！」

「ねえ！」

「待ってくれ俺の感情の波が落ち着くまで」

クルクル回る私たちに、王宮の人は穏やかに笑いながら「お邪魔しました」と去っていった。

空気を読みすぎである。さすが王宮で働いているエリートたち。

「今のうちにいっぱいデートしよう。また観劇もリベンジしたいしジャポーネの料理も食べに行こう。あと、婚約指輪も買っておこう。フィオナに変な虫が付いたら困る」

「付かないわよ……」

これだけ長く婚約してるのだ。誰も間に入ってこないだろう。

「いや、あのインテリ宰相候補とか新しい皇帝とか色々いる」

「なんであの二人？　サディアスは友達だし、レンはちょっと一緒に戦っただけよ？」

ルイスはわかってないな、と首を横に振った。

「サディアスは絶対に君に気があるし、一緒に共闘した異性には魅力を感じてしまうものなんだよ」

「……そんなことないんじゃない？」

「ある」

ハッキリ言い切られるが、そんなことないと思うんだけどなぁ。

「まあ、誰にもフィオナは渡さないけどな」

ルイスが私の頬にキスをする。

もう、ここは家じゃないのに恥ずかしいことをして……。

でもそれで嬉しくなっている私も私だ。

お返しとばかりにルイスの頬にキスをすると、ルイスが満面の笑みを向けてくれた。

「反乱に手を貸してくれて感謝する」

パレードのためにリビエン帝国を訪れた私たちを出迎えてくれたのは、新たな皇帝であるレンだった。

レンの言葉に私たちは深く頭を下げる。

「戴冠式とパレードは明日。それまでは寛《くつろ》いでくれ」

レンの指示で、私たちは部屋に案内される。

大きく綺麗な部屋は、もてなしの気持ちが伝わってくる。

「お嬢様にふさわしい部屋ですね。ここの皇帝はわかってらっしゃる」

一緒に付いてきたアンネが言った。

「そうね。過ごしやすそう」

荷物を置いて部屋を見回す。日当たりもよく、掃除も行き届いている。

ちなみにここまで船で来たが、前回で慣れたのか、今回は熱が出ていないからか、船酔いにはならずに済んだ。本当によかった。船酔いで数日過ごすのは地獄だった。

コンコン、と部屋がノックされて、「はい」と返事をすると、中に入ってきたのはレンだった。

「今いいか？」

「え、はい」

この部屋で話すのはちょっと……と思ったが、アンネがいるから二人きりでもないか、と思い、頷いた。

部屋に備え付けられているソファーに座る。

「……」

「……」

話してくれないんだけど。

用があって来たんじゃないの？　無言で見られても困る。

レンが話し出すと思ったが、こちらから話しかけたほうがいいのだろうか？　もう皇帝になったのなら、敬語のほうがいいよね。

「え、えっと、何か用ですか？」

「……」

本当に何⁉

私がどうしようかと考えあぐねていると、ようやくレンが口を開いた。

「……反乱の時は……」

「え？」

「反乱の時は、こちらの味方になってくれて、感謝する」

深く頭を下げられる。

「え、いや、そんな。さっきもお礼は言われたし」

「いや、君の力がなければ反乱は無理だった。君が国を救ってくれたんだ」

「そんな……」

私はただ皇帝の部屋が開くようにしただけだ。

結局皇帝を拘束できなかったし、逃げられる可能性が高い状況だった。

反乱軍とグラリエル王国が協力して帝国軍を倒し、皇帝も倒したのだ。

「あのシャッターが開かない限り帝国軍を倒すことは不可能だった。あそこを開けられたのは、君がともに潜入してくれたおかげだし、皇帝を倒せたのも、君が危険を顧みず戦ってくれたからだ。君の協力なくして勝利はなかった」

再び深く頭を下げられて、私は戸惑ってしまう。そんなに大したことをしたつもりはない。

協力したのも、自分が無事に国に帰るためだったし、皇帝には負けそうだった。

だけど、彼がここまで言うなら、気持ちを受け取らないと収まらないのかもしれない。

「わかりました。お気持ちいただいておきます。だから、頭をあげてください」

私の言葉にレンが頭を上げる。サラッと黒髪が揺れた。

「敬語」

「え？」

「敬語はなしで話してくれないか？」

「え、でも」

「君とは敬語はなしで話したい」

そう言われれば、敬語を使うほうが失礼になる。

「わかった。これでいい？」

レンが嬉しそうに笑った。

「ああ」

わっ！　ルイスでイケメンを見慣れちゃってたけど、レンも綺麗な顔立ちしてるのね。

前会った時は、顔を見ている時間もなかったから気付かなかった。

じっと私が見ていることに気付いたのか、レンが真顔に戻ってしまった。

「どうした？」

「いや、イケメンだなと思って」

私の言葉にレンは目を瞬くと、また笑った。

「ときめくか？」

「え？」

「顔、触ってもいいぞ？」

いや、別に触らなくても……。

あとあなたの後ろにいるうちの侍女がすごい顔をしてる。

どうしようかなあ、と思っていた時に、扉が開いた。

「フィオナ!?」

ルイスだった。

「ルイス？　どうしたの？」

「皇帝がいないと聞いたから……」

ルイスがじろりとレンを睨みつける。

「失礼しよう」

レンが立ち上がり部屋を出ていこうとしたが、振り返って言った。

「まだ結婚していないいなら、相手が変更になる可能性もあるな」

「え？」

言葉の意味がわからず、首を傾げるが、レンは何も答えてくれず、言うだけ言うとそのまま去っていってしまった。

「なんだったの？」

レンの謎行動に首を傾げていると、背後から殺気を感じた。振り返るとルイスだった。

「あいつ、殺す」

「ルイス⁉　不穏なことここで言っちゃダメよ⁉」

仮にもレンは新皇帝だ。ルイスの発言は反乱分子と見なされてもおかしくない。私は誰かに聞かれてないかとキョロキョロしたが、アンネしか見当たらずにホッとする。そもそも今私の部屋にいるんだった……。

「フィオナに手を出そうとしてた。殺す」

「何もされてないけど？」

私が言うと、アンネとルイスが呆れた顔になった。なんで？

アンネとルイスは顔を見合わせ、何か伝え合った。そして二人の中で何か結論が出たようだ。

「今日は俺もこの部屋に泊まる」

「え?」

「あいつに俺たちが仲良し婚約者だと見せつけるんだよ」

ルイスはそう言って一度自分の部屋に戻ると、荷物を持って再び私の部屋にやってきた。

え? まさか本当に?

ルイスはにこりと笑う。

「今夜はよろしく」

✦✧✦ ✦✧✦

晩餐《ばんさん》も終わり、お風呂に入り、あとは寝るだけである。

ルイスと二人でこの部屋で。

婚約者同士が一緒に一晩過ごすって、そういう……?

いやいやいや、まだ結婚してないのに⁉

私がハラハラしている間に、お風呂に入っていたルイスが部屋に戻ってきた。ちなみにアンネは「空気を読んで用意された侍女の部屋に行ってまいります」と去っていってしまった。

ルイスの髪から水が滴っている。お風呂上がりで赤くなった頬。少し開いたシャツ。どれもルイスの色気を助長していて、私は慌てて目を逸らした。

うわー！　何これ！　うわー！　恥ずかしい！

顔を真っ赤にしている私に気付いたのか、ルイスがこちらに近付いてくる。

「どうしたフィオナ？」

色気マックスの美形の顔が目の前にある。鼻血出そう。

ルイスは真っ赤になっている私の顔を見て、額に手を当てる。

「熱はないな……でももしかしたら風邪かもしれない。早く布団に入らないと」

ルイスはテキパキと私の寝支度を整えると、私をベッドに横たえた。

あれ？　なんかいつもと変わらぬ過保護な感じ。

「よし、よく寝るんだぞ」

私ににこりと微笑むと、ルイスはソファーに移動した。

「え？　もしかしてそこで寝るの？」

「ああ。さすがに一緒にベッドで寝るわけにはいかないだろう？」

確かにそうだけど……。

でもだからと言って、ルイスがソファーで寝るのは申し訳ない。

「でもベッド広いし」

「手を出さない自信がない」

ハッキリ言いきられて、私は顔を赤くして毛布にうずくまるしかなかった。

チクタク、と、部屋の壁に掛けられた時計の針の音がする。

「ルイス、起きてる?」

「ああ」

針の音が眠気を誘う。

「もし、もう少し私たちが仲よかったら、小さい頃とか、一緒にお布団で寝られたのかな」

私がもう少し素直だったら。

正直に身体が辛いのだと言ったら。

もしかしたら、無理のない範囲で一緒に遊んで、疲れたらベッドで休ませてもらって、気付いたら仲良く寝ちゃって。

そういう楽しい幼なじみ時代もあったのかもしれない。

「ごめんね、ルイス。私が素直じゃなかったから」

「フィオナ」

ルイスには辛い婚約期間を過ごさせたと思う。

自分に当たりが強い婚約者。そして周りから評判の悪い婚約者。色々陰で言われたと思う。

「ごめんね」

もう一度言う。

「……あれはあれで、今思えば楽しかったよ」

「え?」

ルイスの声に、私は反応する。楽しかった？

「ああした喧嘩、普通できないだろう？　お互い言いたいこと言い合って……ああいうことができたから、今フィオナの色々を、俺は受け止められているんだと思う」

「ルイス……」

ルイスの言葉に胸が苦しくなった。

そうか、あの期間は、ルイスにとっても、悪いことだけではなかったのか。

「うん。そうだね」

私も。

「私も楽しかった」

そう言って、私は夢の世界に旅立った。

意識がなくなる直前、唇に何かが触れた気がした。


戴冠式は大盛り上がりだった。長年苦しめられてきた政権が潰れ、新たな皇帝が即位するのだ。みんな期待している。

その期待を背負った皇帝は、皆の前に堂々とその姿を見せた。

そして次は私たちのパレードだ。私とルイスは同じ馬車で、服装も国で揃えたが、その中でもさらに私とルイスはお揃いにしてもらった。

人々に笑顔を向ける中、私は胃がキリキリした。

「心労でまた倒れそう……」

「無理はするなよ」

無理するなと言われても……。

頬が引きつりそうになっていると、ルイスに抱き寄せられた。

「ちょっと！」

「俺が助けに来てドキッとした？」

あの撃たれそうになっている時だろうか。あの時、私を守ってくれたルイスのことを。

「当たり前でしょ」

私は顔を背ける。

「いつもドキッとしてる」

きっと私の顔は真っ赤だ。

あの時だけではない。私はいつだってルイスにときめいている。

「フィオナ」

「何」

「こっち向いて」

「……」

顔が火照ったまま、ルイスのほうを向く。

「んっ」

そのままキスされた。私たちのキスを見た人々が歓声を上げる。暗い日々を過ごした彼らにとっては、このキスシーンすら楽しいものらしい。

「こ、こんな所で」

大勢の人に見られて、私が恥ずかしさで死にそうになっていると、ルイスが私の額に自分の額を合わせた。

「好きだよフィオナ。俺の病弱お姫様」

そんなことを言うものだから、今度は私がルイスにキスをするのだった。

番外編二　畑ゲット

ルイスの家にいて困ったことがある。

「土いじりできない……」

ルイスの家には立派な庭があるが、それらはきっちり整備されており、素晴らしい美しさだ。

つまりあそこを畑にするなどバチが当たる行為すぎてできない。

だけど土いじりは健康食品作りに欠かせなかったし、何より運動にもなったから、できたらやりたい。あと普通に健康には関係なく私の趣味になりつつあった。

これはついにあの話題を出す時かもしれない。

✦✧✦　✦✧✦

「——というわけで、家に帰りたいんだけど」

ルイスに提案すると、衝撃を受けた表情を浮かべていた。

ルイスはよろっとよろめいて、額に手を当てる。

「フィオナ……俺に不満が……？」

「いや、ルイスに不満じゃなくて、土いじりしたいだけなんだけど……実家には私の畑と温室があるし……」

「それはこちらから専門の人間を送ってるから気にしなくていい」

いや、気にしなくていいじゃなくて……。

「土いじりするのが楽しいのよ。運動にもなるし」

「そうか……」

ルイスは少し考えたが、すぐに結論を出したようだった。

「実はフィオナの誕生日に贈ろうと思っていたんだけど」

「え？」

「一緒に来てくれるか？」

「……え？」

✦✧✦ ✦✧✦

「え～～～～!!」

そこは大きな畑だった。私の家の十倍はありそうな、広大な畑。

私の考えていた土いじりの範疇《はんちゅう》から外れている。

「フィオナが土いじりが好きなのは知っていたからな。この畑を自由に使ってもらおうと思って……どうだ？　嬉しいか？」

ルイスがソワソワしながら聞いてくる。

いや、規模がね……。

しかし、ルイスの期待の籠った顔を見て、そんなことが言えるわけない。

私は改めて畑を見た。

広大。昔ポスターで見た畑を思い出していた。

どうしようこれ……。

「人もいくらでも雇っていいぞ。機材も買おうな」

私はちょっと頭を悩ませたが、ルイスの言葉に天命を受けた。

人を雇って機材も入れられるなら、今のハーブ栽培や野菜栽培も、もっと手広くできる⁉

自分の趣味の土いじり用の畑はちょっと残してもらえばいいだけだし、そう考えたらこの畑はとてもいいものに思えた。

「ルイス！　私絶対利益を出してみせる！」

「いや、プレゼントだから別に利益にならなくても……」

「いや、それは私のポリシーに反する」

そもそもハーブ販売を始めたのもお金が欲しいからだった。やるからには稼ぐ。それが私のポリシー。

「まず土づくりから始めて……広さがあるから何個か同時に作って……短期収穫できるのがいいかな……」

ブツブツ呟いている私を、ルイスが微笑ましそうに見ていることに気付かなかった。

ちなみにこの事業は帝国と提携したことにより、さらに大きな規模になり、国有数の事業主になるなど、その時の私は思ってもいなかった。

あとがき

初めましての方もそうでない方も、こんにちは！　沢野いずみと申します。

『病弱な悪役令嬢ですが、婚約者が過保護すぎて逃げ出したい（私たち犬猿の仲でしたよね!?）』二巻をお手に取っていただき、ありがとうございます。


大団円の完結巻はいかがでしたか？

書きたいことを書き切るためにページ数が多くなってしまいましたが、ルイスとフィオナを幸せにできてよかったです！　一巻からエリックの父に何かあるような感じは入れていましたが、この展開を予測されていた方いましたか？

フィオナとルイスはやっと両想いになったので、きっとこれからイチャイチャするんでしょうね。皆様もぜひ二人のその後を想像してお楽しみください！


本作品の出版に関して、尽力してくださった方々、数ある書籍の中から本書籍をお手に取っていただいた読者の皆様に深く感謝申し上げます。本当にありがとうございました。

また次回作もお手に取っていただけますように。

二〇二四年七月吉日　沢野いずみ

病弱な悪役令嬢ですが、婚約者が過保護すぎて逃げ出したい
私たち犬猿の仲でしたよね!?
苦しい思いをしていたなんて知らなかった
これからは君を支えていくと誓うよ
!?
コミカライズ版
カドコミにて好評連載中!
単行本1~2巻
好評発売中!
{漫画}
小箱ハコ
{原作}
沢野いずみ

病《びょう》弱《じゃく》な悪《あく》役《やく》令《れい》嬢《じょう》ですが、婚《こん》約《やく》者《しゃ》が過《か》保《ほ》護《ご》すぎて逃《に》げ出《だ》したい（私《わたし》たち犬《けん》猿《えん》の仲《なか》でしたよね!?）2

2024年7月5日　初版発行

著　沢《さわ》野《の》いずみ

イラスト　まろ
キャラクター原案　小《こ》箱《ばこ》ハコ
発行者　山下直久
発行　株式会社KADOKAWA
〒102-8177 東京都千代田区富士見2-13-3
電話 0570-002-301（ナビダイヤル）
印刷所　TOPPANクロレ株式会社
製本所　TOPPANクロレ株式会社

Printed in Japan　ISBN 978-4-04-075385-0　C0093

装丁／AFTERGLOW　校正／鷗来堂　担当／塩谷高彬